점거당한 집

점거당한 집

최수진 소설

제4회
박지리문학상
수상작

사계절

뒤나 앞으로 가는 게 아니라 옆으로 간다.

스베틀라나 보임, 『오프모던의 건축』

미래를 생각하는 건 예술가의 일이다. (…)
미래를 신중히 계획하지 않으면 역사는 반복된다.

백남준, 《달은 가장 오래된 TV》

* 이 연작소설에서 주석은 두 종류로 구분된다. 실재하는 인용은 명조체, 소설 속 상상의 산물인 인용은 이탤릭체를 더해 표기했다.

* 따로 출처를 표기하지 않은 이미지는 모두 작가 제공이다.

길 위의 희망

광주 편

국립아시아문화전당 점거 시위대 찬란 씨와
그 동료들과의 짧은 만남

내가 잠입하고 보름 만에 시위대가 아시아문화전당에서 쫓겨날 줄 알았더라면 더 기민하게 취재에 힘썼을지 모르겠다. 당시에는 그저 황망했다. 기자들 단톡방에 최루액을 뒤집어쓰고 버둥거리는 내 사진이 여러 장 올라왔다고 들었다. 나는 보름간 머리도 못 감고 목욕도 못 한 상태였다. 나중에 확인해보니 알아서들 사진을 지웠는지 더는 보이지 않았다. 취재와 보도가 기실 쓸모가 있는지 모르겠다고 종종 좌절했지만, 내가 한 명의 시민으로 철저히 무력하다는 깨달음을 온몸으로 받아낸 경험은 그때가 처음이었다.

한편 누군가에게는 시위대의 퇴거야말로 질서의 회복이었을 것이다. 시위대는 전당 지하 일부를 점거한 채 반년을 버텼다. 전당 학예연구사와 직원 및 관계자들에게는 끔찍하게 길었을 반년. 또 시위 양상을 뉴스 단신으로 접한 외부인에게는 그런 일도 있었지, 정도였을 반년. 원전사고 이후 관련된 모든 중대한 뉴스는 파도처럼 연이어 들이치는 다음 뉴스에 밀려났다. 거리감이 뭉개졌다. 기사를 읽는 입장뿐 아니라 쓰는 입장에서도 마찬가지였다. 내가 취재한 말들이 어디로 휩쓸려 가나 미처 살필 여력이 없었다.

전당 지하는 그런 흐름이 맞부딪혀 잦아드는 여울목이었다. 내가 전당에서 지낸 기간은 겨우 보름이었는데도 온갖 중요한 일들이 저 밖 유리 너머 세상에서만 휘몰아치는 듯했다. 취재기자로서는 초조한데 전당에 머무는 입장으로는 묘하게 느긋해졌다. 차츰 그 두 상태가 결합했다. 나는 도처에 부는 열기를 품은 바람처럼 어슬렁댔다. 다른 사람들 곁에서 양말을 빨거나 나란히 발전기 페달을 밟으면서 시위대를 취재했다. 처음에는 원전사고라는 재난을 파악하기 위해 오히려 진앙에서 떨어진 곳, 내가 잘 모르는 장소를 찾아야겠다는 발상에 등 떠밀린 듯 움직였다. 하지만 시위대에 합류하자 더는 갈 곳이 없었다. 나는 바로 여기에 남았다.

4월에서 5월로 넘어가는 주말이었다. 봄이 가뜩이나 짧아져 등허리에 땀이 죽죽 배는 날씨였다. 광주에 들어서기 전 만난 방진복을 입은 검사관의 가슴팍에도 노란 리본 배지가 붙어 있었다. 방사능 수치가 이미 안정권에 접어든 광주였지만 검사는 몇 시간이나 진행됐다. 월성 원전사고 후 이 년째, 봉쇄정책은 호남 지역에서도 예외 없이 엄격했다.

나는 본격적인 잠입 전 사흘간 광주 시내를 돌아다녔다. 시민들은 대개 시위대에 우호적이었다. 훗날 밝혀진 바에 따르면 익명의 시민 몇이 전당에 식음을 공급해주었다. 자발적 호의에 따른 행위라, 콩물 두 병이나 컵라면 한 박스처럼 소소했다. 그마저도 없었다면 시위대가 문화시설인 전당에서 몇 달이고 버틸 수는 없었을 것이다.

시위대는 대선이 끝난 2032년 크리스마스에 항의의 표시로 아시아문화전당을 점거했다. 시위대의 리더 격인 눈 씨(가명·50대)는 애초에 원전 다수를 남부 지방에 집

중 배치시킨 원전정책부터 문제 삼았다. 그는 이것이 수도권과 지방에서 벌어지는 사고에 대한 다른 인식의 결과가 아니냐고 강변했다. 나아가 대선 기간 동안 많은 정치인들이 원전사고 직후 무등산에 사흘간 드리웠던 '빛의 장벽'을 음모론처럼 암시한 세태 또한 차별이라고 주장했다.

"사실 사고는 경주에서 일어났잖아요. 그런데 방진 여파가 미치지도 않은 여기까지 아직도 통제하는 게 왜 차별이 아니야?"

호남 차별에 대해서라면 이야기의 뿌리는 한층 더 깊어진다. 나는 눈 씨에게 재차 물었다.

"그런 차별의 영향도 있을 수 있겠어요. 그래도 그것 때문에 새삼 몇 달째 버티고 있자니 힘들지 않으세요?"

"에이, 전당은 길바닥이 아니어요. 그때도 거기서 먹고 자고 다 하지 않았어?"

눈 씨가 말한 그때란 물론 1980년대다. 전당 정문에는 바로 옆에 자리한 옛 전남도청 건물이 광주민주화운동의 최후 항쟁지였음을 알리는 붉은 글씨가 적힌 팻말이 솟아 있었다. 전당 공사 기간 동안 가까이 선 도청 건물 또한 안전 문제로 오랜 폐쇄와 보수공사를 거쳤다. 재건된 도청 외벽은 갓 널어둔 빨래처럼 희게 반짝였다. 너무 새것 같은 게 문제라고, 눈 씨는 말했다. 총탄 자국마저 말끔히 지워진 도청은 사실 전시물 이상의 무엇이라고. 공사를 거쳐 유적이 되면서 한때 사람이 오갔던 도청 안은 텅 비었다. 전당 지하에서 눈 씨는 눈을 가늘게 뜨고 가늠하듯 머리 위에 있을 구도청을 올려다봤다.

"하지만 정말로 비었다고는 하지 못할 거예요. 잊지 못하는 사람이 있다면, 기억도 남아 있는 거지요. 안 그래요?"

의문문으로 끝맺는 눈 씨의 말버릇은 상대에게서 반박의 여지를 슬그머니 빼앗았다. 하지만 공정히 말해, 1980년대를 기억할 만큼 나이 든 시위대는 단 두 명뿐이었다. 겪지도 않은 역사를 기억하냐, 못 하냐는 문제가 아니다. 왜 다시 역사를 기억해야 하는지부터가 이미 짐스러운 문제다. 전당에서 쭉 머물며 버틴 사람은 나를 빼면 겨우 일곱 명이었다. 8층짜리 문화전당의 연면적은 13만 제곱미터로, 그 공백과 침묵 가운데 우리 외에도 뭔가 있기나 한지 하는 여부는 기억보다도 느낌의 문제라고 시위대 하마 씨(가명·60대)는 단언했다.

"시위대 규모에 비해 점거 공간이 너무 크다는 생각도 드는데요."

"이 공간이 시위대에게 왜 중요한지는 그걸 느껴야 알게 될 거요."

확실히 전당에는 지독한 열기와 그로 인한 달갑잖은 부가물들이 맴돌고 있었다. 생활이 아닌 전시 목적인 전당의 큰 창들은 아침부터 달아올랐다. 관람객과 전당에서 근무하는 직원들의 동선을 비추려 제작된 내부 파티션들은 빛을 산란시켰다. 이상기후에는 브레이크가 없었다. 한낮이면 기온이 40도를 넘어 다들 피부염과 인후염, 배탈과 변비에 시달렸다. 휠체어에 탄 딱새 씨(가명·40대)가 특히 등부터 허벅지까지 짓무른 욕창으로 고생했다. 누나인 하마 씨보다도 우리가 더 보기 힘들어 결국 딱새 씨를 바퀴 달린 책상에 엎드리게 했다. 우리는 등을 시원하게 드러내놓고 누운 딱새 씨가 원하는 대로 화장실이며 복도, 도서실로 책상을 번갈아 끌고 다녔다. 훗날 시위대를 고소한 측에서는 이 책상 사용을 들어 무단으로 기물을 파손하고 반나체로 파렴치한 외설 행위를 즐겼다[1]며

비난했다.

공정해지자면 시위대가 써먹은 책상이 하나만은 아니었다. 시위대는 문화정보원과 문화창조원 사이 통로에 책걸상으로 바리케이드를 치고 버텼다. 구도청 곁에 나란히 정문을 세운 전당은 정원과 광장, 주차장으로 둘러싸여 차츰 지하로 경사가 깊어지는 구조였다. 시위대가 차지한 두 건물에 이르려면 정문보다도 구석구석으로 난 비상구와 외부 계단을 이용하는 편이 더 빨랐다. 경찰 역시 출입구가 많은 대형 건물을 완벽히 포위하기란 쉽지 않았다. 공교롭게도 전당과 맞닿은 지하철 문화전당역 출입구가 재공사 중이라 대규모 인원의 침입도 어려웠다. 경찰이 공표한 시위대를 보호하려던 애초의 선의[2]보다도 이런 현실적 어려움이 시위 진압을 방해했을 것이다.

1 *〈신자유조선일보〉 2033년 12월 1일자 국장 사설. 필자는 경북 출신 대학생들의 국가 상대 소송과 집을 버리고 공공시설에서 머무는 홈리스들, 광주 전당 시위대를 숙고 없이 한꺼번에 묶어 소중한 시민의 권리가 지나치게 남용되는 현상으로 단정한다. 2020년대까지 횡행하던 5·18광주민주화운동 관련 가짜 뉴스의 촌극을 연상시키는 논평이다.*

2 *2033년 7월 2일자 다수 언론에 공표된 경찰 측 입장. 노인과 지체장애인이 섞인 시위대를 대상으로 최루탄과 둔기를 사용했다는 논란이 나오자 발표됐다.*

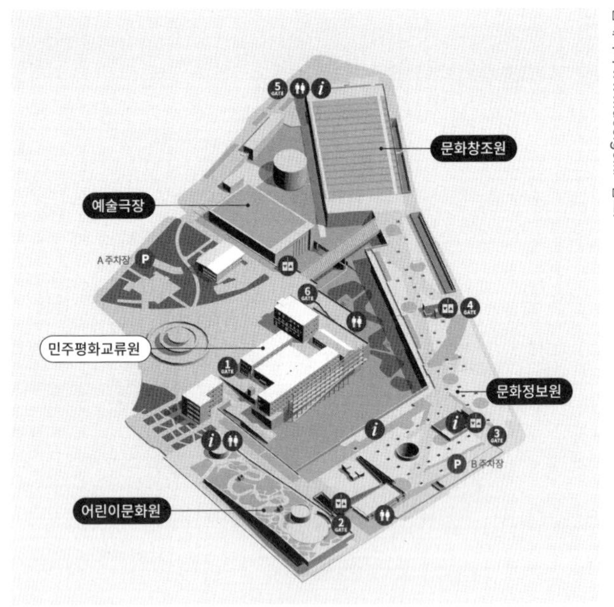

국립아시아문화전당 공간안내도

홈페이지 www.acc.go.kr 참조.

시위대를 향한 비난은 쭉 갇혀 지낸 것도 아니고 그만하면 세금으로 피서를 보낸 거나 다름없다[3]는 뉴스 댓글로도 찾아

3 *시위대였던 양 씨는 시위대에 쏟아진 악플을 아카이빙한 사이트를 직접 만들었다. 복수가 아닌 사건의 기록을 위해서. 역사적 사건은 사후에 매번 재평가되기 마련이니, 우리 입장에서 우리가 본 것들을 우선 보존할 필요가 있다고 전했다. http://againinthejndc.co.kr 참조.*

볼 수 있다. 확실히, 두 건물 틈에 마른 나무 몇 그루가 심긴 조경 공간이 있기는 했다. 폭은 2미터 정도로, 너비를 보면 정원보다도 틈이라고 해야 어울린달까. 어쨌든 시위대가 거기서 춤도 추고 연극 연습도 하며 지냈으니 **시민의 세금으로 이뤄진 문화시설을 속 편하게 멋대로 탈취하고 남용했**[4]다고 볼 수도 있겠다.

*

찬란 씨(가명·30대)는 열기가 덜한 밤, 전기가 끊겨 우리 주변은 캄캄하지만 위편 시내의 불빛은 반짝이는 밤에 그곳에서 춤을 췄다. 전당 근처 기념관 전일빌딩245의 불빛이 자기를 비춰준다는 거였다. 당시 광주 시내에서 가장 높은 건물이라 245발의 총탄 자국이 남도록 폭격당해 그 숫자가 이름에 더해진 전일빌딩은 유서 깊기도 하지만 2층 광주 대중음악 역사관에 보이그룹 BTS의 멤버 j-hope이 광주 현대음악사의 성취로 소개되는 표지판이

4 *주석 1과 동일한 출처.*

붙어 특히 의미 있다고, 찬란 씨는 터무니없이 진지하게 설명했다.

"바로 전당 근처에 있어요. 전일빌딩도 구도청처럼 헐릴 뻔했습니다. 광주 시민단체들이 나서서 막지 않았더라면 꼼짝없이 사라졌을지 몰라요. 그렇게 높이 선 건물이."

"담이 너무 높아서 아무것도 안 보이는데요."

"별들이란 원래 구름 너머 머리 위에 있는 거예요."

찬란 씨의 한국어는 덕질 이야기를 할 때 특히 유창해졌다. 평소에도 의사소통에는 문제가 없었지만 음식을 오래 씹어 삼키듯 말끝이 느릿했다. 자기가 맞는 말을 하나 되짚어보는 사람처럼.

"괜찮아요. 오히려 알아듣기 더 편한걸요."

"내 말이 아닌 것 같아서 그래요. 더 신중하게 말하게 되지요. 사실 그렇다고 영어가 내 것 같지도 않지만요. 웃기지만 이게 나인 거죠."

"어디에도 완전히 있지 않은 사람?"

"그쵸. 그런데 이제 BTS를 만난."

"아이, 진짜."

찬란 씨는 시카고 출신 한인 2세였다. 처음에는 본인을 "어영부영 돌아다니는" 스트리트 댄서라고 소개했다(나중에 찬란 씨의 작업을 더 잘 알게 된 후에도 이 말은 의심스러웠다. 춤이 영 그랬던 것이다). 딸이 화이트칼라가 되길 바랐던 양친은 찬란 씨를 위해 집에서조차 거의 영어로 대화했다. 철들고는 한국에 와본 적이 없었지만, 10대 시절 K-pop 열풍을 일으킨 BTS에 빠져들었다. 출장차 서울시립미술관에 왔다 j-hope의 고향을 직접 보고 싶어 부러 광주까지 찾았다고 했다. 그새 기막히게도 도시 봉쇄가 일어났다. 찬란 씨는 대사관을 통해 귀국하는 대신 28인치 트렁크를 끌고 시위대에 합류했다.

"왜 그때 나가지 않았어요? 일이 꼬이겠구나 감이 왔을 텐데."

내가 묻자 찬란 씨는 어깨를 으쓱하고는 그의 이름에 희망(hope)이, 이 도시의 이름에는 빛(光)이 있으니 짙은 어둠 속에서 희망은 더 빛을 낸다고 했다. 나는 죄송하지만 아이돌 영업에는 별 관심이 없다고 했다. 찬란 씨는 내 어깃장을 무시한 채 여기가 비좁긴 해도 길 위라면 어디든 무대가 되고 자기 춤은 힙합과 로킹의 혼합이니, 스트리트 댄스란 여럿이 어울려 출 때 더 흥이 나기 마련이라고 했다. 내가 보기에는 그저 막춤이었다.

아침이면 공들여 코와 입술 피어싱을 살피는 찬란 씨는 확실히 시위대에서 튀는 구성원이었다. 눈 씨는 찬란 씨가 1월 중순, 커다란 트렁크를 짊어지고 조난당한 등산객처럼 공사 중인 역 통로를 기어 전당에 들어왔다고 기억했다. 도무지 짭새 같지는 않아 좋을 대로 내버려두자 하다 보니 계속 함께였다고.

"캘리포니아 출신이라서 밝은가?"

눈 씨의 말에 등 뒤로 지나가던 양 씨(가명·20대)가 나 대신 고개를 설레설레 저었다.

"시카고는 캘리포니아 쪽 아니에요. 미국 되게 크다고요. 그리고 찬란 씨는 딱 봐도 아시안인데."

"겉모습으로 국적이나 출신을 판단하면 안 되지."

"허, 그건 또 아저씨 말이 맞네요. 기가 막히네."

그러자 눈 씨가 그런 게 바로 인터내셔널의 마음가짐이지, 대꾸했다고 나는 찬란 씨에게 웃으

며 알려줬다. 요즘 누가 그런 말을 입 밖으로 꺼내느냐고 덧붙이면서.

"그렇네요."

그런데 찬란 씨는 마주 웃는 대신 진지한 투로 대답하고는 일어나 춤을 추기 시작했다.

시위대는 구성원이 뭘 하든 자유롭고 느슨하게 내버려뒀다. 고로 굳이 찬란 씨와 함께 춤춰주는 사람도 (마지막 날을 제외하면) 없었다. 나는 클럽 밖에서는 아예 춤을 춘 적이 없었다. 음악에 자연스레 몸을 맡기는 일, 그것 자체가 전혀 자연스럽지 않았다. 시위대의 유일한 외부인답게(나를 빼면) 태평한 춤사위라고, 누구 한 명 함께해주지 않아도 떳떳한 자세야말로 탈(脫)한국인인가 보다…… 교포들의 저 자신감 참 부럽다…… BTS 식으로 말하자면 유엔총회에서 연설하며 외친 "Love Yourself!"겠지……. 뭐 이런 식으로 두서없이 생각하며 함께 어울리지도, 자리를 뜨지도 못하고 앉아 찬란 씨의 어둠 속 몸짓을 구경한 기억이 난다. 스스로를 불태우듯 제자리에서 발을 구르고 주먹을 휘두르다 점점 짙게 고이는 새카만 어둠을 뚫고 식은땀이 흐르는 등에 마침내 한 줄기 시원한 바람이 느껴질 때까지. 서늘한 기운은 잠깐 맞잡은 손처럼 금세 사라졌다. 찬란 씨가 헉헉 숨을 고르더니 내 쪽으로 고개를 돌리고 말했다.

"이제야 좀 잠 오겠네요."

나도 좀처럼 잠들지 못하는 줄 안다는 투였다. 나도 찬란 씨가 자주 깬다는 걸 알았다. 격렬하게 춤을 춘 밤에도 찬란 씨는 여전히 어둠 속에서 몸을 뒤척였다. 그럼 주변에서 즉시 나지막하게 웅얼대는 불평이 터져 다들 깊은 잠에 빠지지 못했구나 알 수밖에 없었다. 불면은 도미노처럼 번졌다. 그런데 우리는 자기 발에도 자주 걸려 넘어졌다.

내 말은 시위대 모두 딱 자기 역할만 수행하지는 않았다는 이야기다. 우리는 서로를 보지 않는 것처럼 굴었지만 정말로 보지 않을 수는 없었다. 같은 공간에 고립되어 지냈고, 마땅찮아하며 서로에게 의지할 수밖에 없었다. 우리 모두 더럽고 냄새나고 아프고 짜증 난 상태라 비틀거리지 않기란 불가능했고, 그럴 때면 옆 사람이 부축해줬다. 무대는 지켜보고 기록하는 관찰자 덕에 존재한다. 나는 시위대의 바람만큼 좋은 관찰자는 아니었지만 전당에서 그렇게 친구를 몇 명 사귀었다.

*

안녕. 잘 지내요? 요즘 많이 바쁘죠? 시카고에서 연다는 당신의 개인전이 궁금하네요. 퍼포먼스 비디오야 인터넷으로도 볼 수 있겠지만, "직접 그 장소에 이르기까지 겪은 모든 번거로움이야말로 진짜로 중요하다"고 찬란 씨가 했잖아요. 굳이 광주까지 찾아가면서요. 그때 문화전당에서 겪은 경험도 퍼포먼스에 녹아 있다니, 전시가 궁금하고 기대됩니다.

찬란 씨가 저보다는 잘 지내고 있을 것 같아요. 요즘 한국 날씨는 끔찍해요. 여름 같은 더위가 끝나자마자 시베리아의 북풍이 몰아닥치고 있죠. 저는 잘 지내지 못하고 있고, 그건 사실 날씨 때문만은 아닙니다.

시위대는 길고 지루한 재판에 휘말렸어요. 하마 씨와 딱새 씨는 아직도 병원에 있고요. 눈 씨도 고집을 부려 퇴원했지만 아직 치료를 받아야 합니다. 다리를 삐고 피멍이 들고 휠체어가 부서졌는데도 과잉진압의 근거가 되지 않는다네요.

그러니 친구의 마음으로, 찬란 씨가 줄 수 있는 도움을 구합니다. 작업을 위해 입국했던 찬란 씨의 영상은 제가 제공할 수 있는 것과는 또 다른 좋은 증거가 될 거예요. 우리가 전당 안에서 함께했던 사진이나 영상을 갖고 있죠? 광주비엔날레는 취소되었지만 당신은 전당에서 나름의 아이디어를 얻어 갔고, 춤(움직임?) 녹화 또한 그 일환이었잖아요…….

— 2034년 11월, 내가 찬란 씨에게 보낸 이메일 일부, 재판 참여 후 광주와 서울을 잇는 기찻길 위에서

안녕하세요? 오랜만이네요. 솔직히 말하자면 나도 잘 지낸다고는 하기 그래요. 그럭저럭이죠. 당신 말대로 개인전을 준비하느라 바빴어요. 그걸 위해 광주에서 있었던 일들을 떠올리는 과정도 즐겁지는 않았고요. 나도 당신 말을 빌리자면 "왜 다시 기억해야 하는지부터가 이미 짐스러운 문제"인 겁니다.

미안하지만 본론에 앞서, 먼저 우리가 친구 사이는 아니라는 사실을 짚고 싶네요. 어린 시절 엄마가 국제전화를 걸면서 수화기 너머의 누군가에게 "친구야!" 하고 부를 때, 그건 늘

저에게 무척 애틋하고도 다정한 느낌을 불러일으켰어요. 우리 교육을 위해 집에서도 일부러 한국말을 쓰지 않던 엄마는 그때만큼은 다른 목소리로, 그리움을 담아 오래 수다를 떨곤 했어요.

우리는 그런 사이가 아닙니다. 우리가 '우리'로 묶이기에는 함께한 시간이 너무 짧지 않았나요. 우리는 친구가 아닙니다. 내가 우리나라라고 부를 때, 그곳이 한국은 아닌 것처럼 말이죠. 나는 그때 수화기를 붙든 엄마의 말을 절반도 알아듣지 못했답니다…….

— 2034년 12월, 나의 협조 요청에 대한 찬란 씨의 이메일 답장 중 일부, 미국 시카고에서

*

전당에서의 하루 일과는 보통 이러했다. 아침이면 높게 쌓아 올린 책걸상 너머로 반사광이 새어 들어왔다. 눈씨가 가장 먼저 일어나 몸을 풀었다(굉장히 요란해서 다들 깰 수밖에 없었다). 이어 역과 연결된 지하통로를 수그리고 지나 외부 시민들이 놓아둔 몇몇 생필품을 나르는 일도

눈 씨가 솔선수범했다. 오래 머물지는 않더라도, 짐이 많거나 나눌 이야기가 있을 때 시민들 몇은 전당에 잠시 들어와 머물다 가고는 했다. 그 와중에도 눈 씨는 시민들 틈에 섞여든 내가 기자인 줄 금세 알아봤다.

"그냥 냄새가 달라요. 그리 알아요."

"표정 같은 거요?"

"뭐 그런 데서 느껴지는 기미요."

시위 현장에서 잔뼈가 굵은 눈 씨 나름의 감일지도 몰랐다. 노조 활동으로 해고된 후 개인 셔틀버스 기사를 하던 눈 씨는 장애인복지시설에서 돌보미 활동을 겸했다. 사람을 향한 열정이 눈 씨의 정력적 경력을 꿰는 실타래였다. 시위대가 최초의 돌연한 점거 후 반년이나 버틸 수 있었던 데는 꾸준히 지원을 요청한 눈 씨의 힘이 컸다. 눈 씨는 내내 친절하고 정중하게 나를 대했다. 하지만 우리는 친구가 아니었다. 눈 씨는 오랜 경험들로 언론에 대한 독단적 불신을 쌓았다. 그와 나란히 빨래를 하고 컵라면을 먹는 나 또한 기자였다. 눈 씨가 믿는 것은 언론의 선의가 아닌 언론의 힘이었다. 고속도로 곁 천막에서처럼, 고공 첨탑 위에서처럼, 고립된 문화시설 안에서도 무기

한으로 버틸 수 있다고 눈 씨는 진심으로 믿었다. 그러려면 불신의 대상에게라도 시위대의 처지를 널리 알려야만 했다.

나중에, 나는 대학생이던 눈 씨의 맏형이 당시 구도청에 남았다는 이야기를 들었다. 눈 씨가 만나보지 못한 형이었다. 눈 씨는 1981년 봄에 태어났다. 든든한 장남을 망실한 뒤 태어난 눈 씨는 사진으로만 남은 맏형의 이야기를 어릴 적에는 거의 들어보지 못했다. 말로는 전해질 수 없는 부재를 눈 씨는 스스로 헤아리며 자랐다. 그리고 그 결과 남의 딱한 사정까지도 제 것처럼 거둬들이며 살게 되었다. 시위를 전당에서 지속하자는 눈 씨의 결정은 개인적이지만 동시에 실용적인 동기에서도 비롯됐다. 구도청의 상징성이 바로 곁에 있으니만큼, 시위대를 강제적으로 진압하기란 경찰도 망설일 수밖에 없을 거라는 계산.

눈 씨가 유지하는 미묘한 간격만큼 다른 사람들도 며칠은 나와 거리를 뒀다. 광주 출신이 아닌 찬란 씨만 빼면.

"그 사람 나한테는 잘해주던데. 당신이 나쁜 사람 냄새가 나나 보죠."

춤을 하루 봐줬다고 찬란 씨는 내게 스스럼없어졌다.

"나쁜지는 몰라도 냄새가 나긴 나나 봐요. 보자마자 기자 냄새 난다는 소리는 처음 들어봤어요."

"그냥 그런 거 아니어도 빤히 보여요. 냄새는 무슨."

"냄새 이야기는 찬란 씨가 했는데?"

무시하듯 나를 위아래로 훑어본 찬란 씨는 자기라도 금방 알아봤을 거라고 했다. 누가 시위대에 큼직한 등산용 배낭을 메고 들어오냐며.

"불난 집에 뛰어들 때 누가 자기 짐을 챙겨 들어와요. 굳이 여기에 살러 오는 사람은 아무도 없어요."

"하지만 여기 계속 머무는 분들 있잖아요."

"그러게, 몇 명 없긴 하지만."

찬란 씨는 묘하게 냉랭한 어조로 말했다.

"내 말은 구조자라면 정말 맨손으로, 아무것도 없이 와야 한다는 거예요. 걸리는 것도 가진 것도 없는 사람들이라야 이런 스페이스에서 버틸 수 있으니까."

확실히, 전당에는 개인의 소유물이 거의 없었다. 곤궁과 다정 탓에 전기와 생수부터 맥주 한 팩까지 모두 공유됐다. 주인이 특정되는 짐은 둘뿐이었다. 어리벙벙한 나의 취재 배낭과 앞서 이야기한 확신을 갖기까지 주변을 찬찬히 뜯어보았을 찬란 씨 본인의 예의 그 28인치 트렁크였다. 우리 중 누구도 배낭과 트렁크에 손대지 않았다. 딱히 남의 것을 건드릴 이유가 없었다. 배낭에는 내가 쓴 책 같은 멍청한 짐들이 대부분이었다(팬티랑 두통약이나 더 챙길걸).

트렁크 안에는 뭐가 있었을까? 문화창조원으로 이어지는 계단 뒤편에 놓인 트렁크는 내게 찬란 씨가 대단히 멀리서 왔다는 사실 그리고 언제든 짐을 끌고 도로 거리로 떠날 수 있는 사람이라는 사실을 알려줬다. 나도 배낭을 그 옆에 놓았다. 정작 새벽에 기습적으로 진압이 이뤄졌을 때는 우리 둘 다 짐을 챙기지 못했지만(나는 나중에 현장사진 구석에서 책 무더기 아래 넘어진 트렁크를 알아봤다).

우리는 졸고 있던 새벽에 습격당했다. 맵게 타들어가는 연기와 공권력이 구도청에서 최루탄을 정말로 던졌다는 참담함에 우왕좌왕했다. 진압대는 우리를 유령도, 인간도 아닌 효율적으로 제압되어야 할 물건 더미처럼 다뤘다.

그러니까 현재 진행 중인 시위대를 향한 고소의 쟁점을 나로서는 이렇게 축약하고 싶다. 역사와 예술이 포개진 전당은 어떻게 공공공간으로 기능하는가? 시민의 공공공간 점거가 언제 어느 때라도 부당한 거라면, 그곳을 짓밟고도 연이어 되풀이된 폭력은 누구의 책임인가?

*

대외적 리더는 눈 씨였지만, 처음 전당을 우발적으로 점거한 사람은 따로 있었다. 나는 최초 점거자가 시위대의 정신적 구심점이라 짐작했다.

하지만 하마 씨는 기도에 시간을 쏟느라 좀체 나서지 않았다. 오히려 스스로에 대해 극단적으로 말을 아끼고 침잠했다. 동생 딱새 씨를 돌보느라 인터뷰할 여력이 없던 건 아니었다. 60대 초반의 나이에도 키가 175센티미터에 이르는 하마 씨는 체구가 상당했다. 목소리가 낮고 듣기 좋았지만 말보다는 침묵 속에서 걷기에 힘썼다. 본인과 동생 모두의 병에 걷기 운동이 도움이 되어서였다. 더운 공기가 갇혀 빙빙 도는 전당 안에서도 하마 씨는 가늘고 작은 눈을 영리하게 빛내며 묵묵히 휠체어를 밀었다. 구두를 벗고서 맨발로. 하마 씨의 침묵은 보통 정적과 달라서 페이지 가운데 적힌 빈 괄호처럼 주의를 모으게 만드는 힘이 있었다.

대조적으로 큰 눈이 동전처럼 반들거리는 딱새 씨는 빼빼 말랐고 할딱대는 숨소리마저 가늘었다. 청력이 예민하고 목소리가 휘파람처럼 높은 딱새 씨는 한때 기수를 꿈꿨다. 우리는 책상을 밀어주면서 궁전 마차가 행차한다고 농담했고, 딱새 씨는 작은 동물마저도 안심할 만큼 다정한 속삭임으로 답해줬다.

"거참 고맙군요."

그런 딱새 씨가 목청을 높인 적은 딱 한 번뿐이었다. 진압대가 유리창을 깨는 소리에 가장 먼저 깨어 비명을 질렀던 그 순간.

둘은 전혀 닮지 않은 남매였지만 손때 묻은 물건들처럼 함께하며 서로에게 익숙해진 듯 보였다. 상황이 허락하는 한 사이가 좋았고 그것을 통제하는 쪽은 하마 씨였다. 몸통이 굵고 나이 든 치에게 으레 붙는 둔하다거나 거칠다는 선입견을 잊게 할 정도로 하마 씨의 눈매는 침잠하며 빛났다. 휠체어에 축 매달린 기저귀 패드와 여분의 비닐봉지 더미마저 그 엄숙한 분위기를 깨기는커녕 보조

하는 제수 같았다. 전동휠체어 앞 바구니에는 돋보기안경과 함께 읽을거리인 소책자가 날아가지 않도록 고정할 클립이나 밑줄을 그을 볼펜이 가지런히 꽂혀 있었다.

“법학과에 수석 입학한 첫 여학생이라고. 우리가 입학할 때까지 소문이 짜했어요. 과는 달라도 자랑스러운 선배죠.”

“같은 여고 출신이라 더 잘 알아요. 그 위에 우리 선배들 7, 80년대에 운동 열심히 했거든요.”

“결국 동생을 돌보려 사무실을 그만뒀지만. 그 이야기는 둘 앞에서 꺼내지 마요. 딱새 씨가 슬퍼해.”

“우리가 이 이야기를 했다는 사실도 꺼내지 말고요.”

나는 남매와 이웃이라던 쌍둥이 자매 빵 씨(가명·30대)와 장미 씨(가명·30대)에게 정보를 수집했다. 채식주의 빵집 ‘빵과 장미’를 운영하던 둘은 인터뷰이들 가운데 가장 싹싹했다. 잠깐 튀어나오는 냉소마저 이내 둘의 부드러운 목소리 아래 감춰졌다. 분위기를 살피는 데 능숙한 자매라, 서로의 말을 보충하거나 반박할 때면 웃음소리가 한 쌍의 울림통처럼 까르르 공명했다. 자매는 하마 씨가 조울증 탓에 낯모르는 누구와도 말하기를 꺼린다고 조심스레 알려줬다. 휠체어를 밀며 전당 안을 거니는 하마 씨의 눈에 스미던 침윤은 내면의 반영인 셈이었다. 전당을 걷는 동시에 하마 씨는 자기 내면을 가로지르는 중이기도 했다.

"얼핏 보면 우리가 하마 씨와 딱새 씨를 돌보려고 여기 들어온 것처럼 보일지도 모르죠. 하지만 어떤 의미로는 우리가 두 사람의 돌봄을 받고 있는지도 몰라요."

하지만 이 명랑한 자매도 하마 씨가 어떻게 전당을 절반쯤 점거했는지 제대로 설명해주지 못했다. 아니, 그것은 말로 길게 늘어놓을수록 터무니없어지는 종류의 전설이었다.

"우리가 들은 바로 하마 씨는 그냥…… 들어왔어요."

이 말은 당시 근무자들의 기억으로도 검증된 사실이다. 때는 빛의 장벽이 드리워진 지 일 년쯤 지난 연말이었다. 지난밤부터 선물처럼 희고 쓰레기처럼 가벼운 눈이 흐린 하늘에 흩어졌다. 희붐해진 아침에 눈은 이미 굳어진 얼음 무더기였다. 성당의 주말 예배도 취소되었다. 그럼에도 남매는 평소와 비슷한 시간에 광주극장 근처 시장 골목에 위치한 집에서 나섰다.

시내버스를 타면 15분 만에 전당에 도착하지만, 휠체어 사용자가 버스를 타기란 번거로우니 둘은 걸었을 것이다. 비탈길에서 바퀴가 미끄러지지 않게 하마 씨는 손잡이를 꽉 잡아야 했다. 딱새 씨가 탄 휠체어를 밀고서 문화정보원의 정문 입구로 느릿느릿 내려갔다. 길이 군데군데 얼어 여기서도 휠체어를 잘 붙들어야 했다. 덩치도 크고, 휠체어도 크고, 눈에 띄는 조합이지만 누구도 눈여겨보지 않은 남매가 미끄러지듯 전당 안으로 들어섰다.

두 사람이 문화창조원으로 이어지는 2층 통로 계단 앞에 멈춰선 지 30여 분은 지나고서야 직원이 다가갔다. 전당은 계단이 많고 무척 넓기에 걷기 곤란한 행인이라면 이런저런 안내와 도움이 불가피하다. 하지만 직원이 그때쯤 가까이 간 것은 이동을 돕기 위해서가 아니라 둘이 뭔가 중얼거리는 소리에 주의를 주기 위해서였다.

"하마 씨가 그 직원에게 귓속말을 했대요. 그다음 직원에게도, 나중에 온 더 많은 사람들에게도."

당시 기사에서는 그게 도무지 입에 담기 힘든 욕설이었다고 보도했다. 빵 씨와 장미 씨는 그게 하마 씨가 만든 기도문의 일부라고, 험한 말이 섞여 있기는 해도 엄연히 마주 보는 사람이 아닌 그 너머의 하느님께 향하는 말이었다고 장담했다.

"욕설이 기도의 일부라고요?"

직원들은 말에 얻어맞은 듯 비틀거리며 물러섰다. 하마 씨는 휠체어를 밀며 계속 걸었다. 물리적 폭력은 없었지만 감당하기 어려운 마음이 들었다고 직원들은 말했다.

누군가 경찰을 불렀고, 출동하는 사이 문화정보원의 문이 닫혔다. 문이 닫히고 얼마 지나지 않아 문화정보원의 우측 유리창이 하나 깨졌다. 빵 씨와 장미 씨는 그게 처음 기사와 달리 하마 씨가 아니라 미처 빠져나가지 못했던 직원의 짓이라고 했다.

"아마 욕보다는 전당에 유령들이 보인다는 말이 더 무서웠을 거예요. 죽은 이들은 어디 가지 않는다고. 항상 여기에 있었고, 이제 빛의 장벽 덕분에 그들이 드러나 자리를 잡았다고. 그러니 다들 꺼지라고. 전당을 떠나라고. 당신들이 왜 여기에 있느냐고."

이야기 속 하마 씨는 흡사 선지자였다. 요즘의 TV나 유튜브가 아니라 꼭 구약이나 구전설화에 나올 법한 거칠고 무례한 선지자. 그런 선지자들은 마을 밖에서 슬그머니 다가와 저주 같은 예언을 내뱉고 사라진다. 어떻게 해도 피할 길 없는 파국을 선고하고는 자신의 옷자락을 붙드는 손을 비웃듯 뿌리친다.

빵 씨와 장미 씨 자매는 잠시 침묵하다 고개를 절레절레 저었다. 나는 괜스레 손사래를 치며 말했다.

"소문이라는 게 더 과장된 느낌을 주나 봐요. 그냥 사람인데요 뭐."

"그래도 그게 다 무슨 소린지, 직원들이 왜 도망쳤는지 알겠기는 해요. 하마 씨를 보면 좀 그런 느낌이 있어요."

"알겠다고요?"

"모르시겠어요?"

나는 알기 어려웠다. 그래, 유령들이 진짜 있다고 하자. 그런데 누구도 그 유령들에 관심을 갖지 않는다면? 원전 사고를 취재한 나는 이미 모두가 서로에게 관심을 갖지 않는 세상이 도래했다고 믿었다. 유령을 두려워하기에 우리는 너무 많은 재난을 겪었고 곧 그것에 무심해졌다. 죽은 이들을 언급할 때 하마 씨는 어떤 위압감을 드러냈을까? 하마 씨의 말들을 곱씹어보니 이 세상에서 잃을 것이 조금도 없는 사람으로 살기란 쉽지 않다는 말로 다시

들렸다. 심지어 유령조차도 고통에 발 묶인 세상이라면 더욱. 오랜 믿음으로 돌처럼 단단해진 하마 씨는 씨앗처럼 의심을 뿌리고 다녔다.

눈 씨는 우리 시위가 광주 시민들의 억울한 역사를 알리는 데 도움이 되리라는 작으나마 분명한 희망을 품고 있었다. 반면 하마 씨는 그런 희망 자체를 의심했다. 유령을 본다 한들 우리가 유령이 될 수는 없다. 그들의 고통과 죽음 너머로 우리가 살아가야 한다는 사실은 바뀌지 않는다. 나는 하마 씨가 전당 직원들뿐 아니라 실은 눈 씨조차도 싫어했다고 생각한다. 눈 씨에게는 부당한 세상에 대해, 그곳이 바뀔 것을 촉구하며 터뜨리는 분노가 있다. 그 분노는 가냘픈 희망을 안고 과거와 미래의 길로 함께 나아가려 한다. 그리고 그 나름의 구체적인 경험들로 굳어진, 끝내 바뀌지 않는 세상 자체에 대한 총체적인 분노가 있다. 하마 씨의 그 분노는 오직 과거의 사람들이 품은 희망을 향할 뿐이다.

그러면 우리는 무엇을 바랄 수 있단 말인가? 생각하며 하마 씨를 보면 하마 씨도 우리를 마주 보았다. 자신은 아무것도 더는 바라는 게 없다는 캄캄한 시선으로.

결국 저 사람이 누구인가를 의심하다 보면 끝에는 나 자신에 대해서도 묻지 않을 수 없게 된다. 왜 내가 여기에 있는 거지? 그런 의문을 일으켜 하마 씨와 딱새 씨는 문화정보원을 잠시 손에 넣었다. 그 최초의 점거에 새로운 이야기를 더한 것은 이후 시위대에 합류한 다른 사람들이었다.

생각해보면 그때 나는 하마 씨보다도 그를 마주하며 내면의 무력한 분노를 자각할까 봐 두려워했다. 취재기자인 나는 재난을 고발해야 했으나, 전당에 머무는 나는 그 고발이 세상에 어떤 변화를 가져올 수 있으리라는 확신을 잃었다. 정확히는 전당에 들어와 하마 씨를 만나기 전부터 마땅한 희망을 진즉 잃었다고 해야 옳았다. 그렇다면 왜 내가 여기에 있는 거지? 나는 이미 무력한 가운데 무력함을 다시금 깨닫기를 두려워했다. 하마 씨와 딱새 씨 남매의 믿음을 통해 드러나는 것들을 두려워했다. 그 번쩍하는 섬광 너머로는 이어지는 미래가 없어 보였다. 그런데 전당은 사실 그런 종말을 기도하기에 지나치게 적합한 규모의 무대였다.

*

시위란 결국 남에게 조명되고 목소리를 내야 하는 행위다. 전당의 시위대 또한 점거에 그치지 않고 준비 중인 퍼포먼스가 있었다. 눈 씨는 연극을 올릴 작정이었다. 경찰의 제재를 피해 시민들 앞에서 빛의 장벽에 관련된 자체 창작극을 상연하는 것. 마침 문화창조원의 부속시설로 두 개의 예술극장이 있었다. 특히 지하 4층의 개폐식 유리문이 달린 극장은 출입구와 가까워 5·18민주광장을 향해 개방이 가능했다. 시민들이 전당 지하까지 들어오지는 못하더라도 밖에서 연극을 볼 수는 있을 것이다. 거창한 꿈이었다.

그런데 가만 보니 꿈꾸는 사람, 일하는 사람이 따로따로였다. 정작 눈 씨는 연기나 극본 쓰기에는 재능이 없었다. 대신 무지막지한 확신으로 입김을 불어넣었다.

"창작극 말고 다른 좋은 극을 가져오는 게 편하지 않을까요?"

"그러면 우리만의 메시지가 전달이 안 되잖아요. 누가 어떻게든 해줄 겁니다. 이런 작업은 일단 시작하면 저절로 이뤄지게 되어 있습니다."

"아 진짜, 아저씨 제발."

그때마다 대학원생 양 씨가 입술을 비틀면서 눈 씨 곁에 서 있는 걸 보며 나는 웃음을 참아야 했다. 양 씨는 가장 공부를 많이 했다는 이유만으로 사회학도인데도 극본 집필 대부분을 떠맡았다. 대본은 지지부진했다. 내가 열흘 동안 알게 된 건 무대가 노아의 방주를 은유할 거라는 정도였다. 시위대는 구사일생으로 방주에 올라탄 동물들이고.

"그다음은요?"

"묻지 마세요."

"찬란 씨도 배역이 있나요?"

"……외국 동물."

양 씨의 뾰족한 눈매와 가느다란 얼굴은 갈수록 하얗게 질려갔다. 나도 잘 아는 창작의 고통이었다. 처음 양 씨를 그리로 떠다민 사람은 눈 씨였지만, 이제는 양 씨 스스로가 그 고통으로 아직 자기도 모르는 뭔가를 벼려내려고 무진 애쓰고 있었다. 그 노력은 가상하지만, 나는 다음 질문을 속으로만 삼켰다. 우리가 간신히 구조된 동물들이라면 저 밖에서 우리를 보게 될 시민 관객들은 대체 무엇일까요. 그들은 우리를 내려다보며 무슨 생각을 하게 될까요.

연습 비슷한 뭔가(실내를 느릿느릿 오가며 가상의 관객들에게 "이 세상은 전부터 진작 망했다고!" 타박하거나 그보다 더 한 욕설을 외치며 엉금엉금 기어다니기)는 대부분 한밤중에 이루어졌다. 낮에는 찬란 씨도 춤을 추는 대신 그늘에 앉아 숨을 죽였다. 외국계 동물의 대사 지도에는 양 씨도 관여하지 않아, 찬란 씨의 연기 연습 참여는 그야말로 자유분방했다. 전당의 외벽을 감싼 큼직한 유리창 사이로 햇빛이 분출하는 오전에는 더위뿐 아니라 습기도 지독했다. 나는 전당 내에서 희뿌연 물안개가 피어오르는 꼴을 몇 번이나 보았다고 말할 수 있다.

4월 초부터 "더 이상의 인도적 진압은 무리"라는 정부의 판단과 함께 전당 내 전류를 공급하던 예비 전원이 끊어졌다. 물 또한 차츰 바닥을 드러냈다. 그러므로 시위대는 조직됐을 때와 같이 전당 안에서 단단히 뭉쳐 있기보다 제각기 흩어져 있었다. 잠잘 때만 빼고. 열대야 탓에 다들 패브릭 소파보다 한데 모아 쌓아둔 테이블에서 잠자길 좋아했다(나중에 촬영된, 진압 중 넘어지고 흩어진 테이블과 운동화 그리고 근처에 떨어진 더러운 양말 따위는 우리가 공공장소를 착취했다는 증거로 제시됐다).

밤이 되어 우리가 나란히 눕자 양 씨는 반대편으로 고개를 돌렸다. 나는 양 씨의 웅크린 등에다 대고 속삭였다. 사실 연습이라 해봤자 전당 안을 빙빙 돌면서 살풀이 같은 대사를 서로에게 외치는 정도 아니냐고. 그러자 양 씨도 고개를 돌려 속삭였다. 53년 전 이맘때는, 그러니까 1980년 초여름에는 우리 머리 위 저 뼈처럼 하얀 철골 기둥들로 지탱되는 구도청 바닥에 사람들이 이렇게 서로에게 기대거나 누워 있었다고.

"그분들이 당신들에게 말이라도 거나요?"

"대충 기어들어 온 거면 닥치란 소리예요."

나는 양 씨가 굳이 잘 때마다 내 곁에 와 눕는 이유를 알 것 같았다. 그를 피해 몰래 나가려면 나는 웅크리고 누운 사람들 중 한 명을 밟고 지나가야 했다. 우리는 테이블에 빰이 짓눌린 자세로 서로를 마주 봤다. 콧잔등에 눌린 안경 자국을 단 양 씨가 씩 웃었다. 비뚜름한 미소였다.

양 씨는 정보가 곧 힘이라고 믿는 부류였다. 억울하

고 불안한 만큼 공부했다. 광주 토박이로서 지닌 분노를 세련되게 다듬었지만 숨길 생각은 없었다. 양 씨는 한때 지나치게 침해받았다는 이유로 누명을 쓴 이 도시가 이번에는 지나치게 무사했다는 이유로 미움받는 것이 세상 돌아가는 꼴이라고 했다("이 세상은 전부터 진작 망했다고!"). 양 씨는 술에 취해 우발적으로 시위에 합류했다. 하지만 나갈 생각은 없었다. 양 씨의 말에 따르면, 차별에 항의하려는 마음만으로 집이 아닌 길바닥에서 반년이나 버티는 것은 광주 시민에게 당연했다. 양친도 양 씨더러 굳이 집에 오라는 이야기를 하지 않는다고. 이곳이 구도청의 터이니까. 그리고 시위대에게는 돌아갈 마땅한 집이 없었으니까.

"집이 있더라도, 이대로 돌아간다면 그곳은 더 이상 집이 아니라는 느낌이겠어요. 오래전 여기 남았던 분들의 마음과 마찬가지로."

"그래요. 집이 없는 건 우리뿐 아니라 관객들도 마찬가지라는 걸 알려줘야 한다고 생각해요. 바깥에서는 우리가 무슨 미신 집단처럼 묘사되는 걸 알아요. 무등산 일대를 커튼처럼 에워쌌던 빛의 장벽을 따르는 광신도 무리처럼. 그것이 성령강림으로 인정되느냐의 문제부터 과거 프란치스코 교황의 광주 방문, 집단적 환각 의혹, 유출된 방사능보다 더 위험한 물질이 시내로 쏟아졌으리라는 추측까지……."

아무리 한스럽다고 한들 그 무성한 추측들을 죄다 대본에 담을 수는 없는 노릇이라고 나는 충고했다. 양 씨는 자신은 그런 추측 중 무엇에도 관심이 없다고 했다. 사실상 빛의 장벽이 무슨 상관이냐는 거였다. 중요한 것은 끔찍하도록 눈부셨던 그것이 남겨진 우리에게 미친 에두르는 빛, 잔상, 연약한 미광이라고.

"그러니까 이 전당 자체가 방주인 거군요. 여기에 탄 우리들 또한 앞날은 모르고. 빛의 장벽은 번쩍 황홀했다가 사라진 계시고. 떠돌아다니며 사라진 길과 희망을 찾으려고 할 때 우리가 보게 되는 것은 미래가 아닌 과거고."

"그래요, 그거예요! 딱 그런 걸 쓰려고 하고 있어요."

양 씨는 우와, 하고 손뼉까지 치며 기뻐했다. 우리 중 가장 어린 얼굴이 모처럼 나이에 맞는 활기로 피었다. 그러다 경탄이 과했다 자각했는지 끙, 소리를 내며 좀 실쭉해졌다. 나는 양 씨를 따라서 심각한 척 웃음을 참았다.

우리가 당신 보기보다는 비슷한 부류라고, 외롭고 불안해서 밀어낸 상대를 외롭고 불안해서 끌어당길 수도 있는 거라고 말해주고 싶었지만 당시에는 쑥스러워 그만 입을 다물었다.

생각할수록 양 씨의 아이디어는 나쁘지 않았다. 어슬렁대며 둘러보다 보니 이곳이 꼭 임시 주거공간 같다는 생각이 들었다. 넓지 않고 분명한 목적지도 모르지만 우선 살아남기 위해 서로를 돕고 단정해야 하는 구명보트. 침입을 막고 잠들기 위해 테이블과 책장을 쌓아둔 것 외에 시위대는 전당의 다른 책과 시설들을 파괴하지 않았다. 아예 건드리지 않은 것은 아니지만 그래도 우리 모두 필요한 만큼 쓰고 할 수 있는 만큼 정돈했다. 원래 내가 그처럼 겸허한 인간이었다고 으쓱대고 싶지만 실은 시위대의 분위기에 감화된 거라는 사실을 부정할 수는 없겠다.

시위대가 특별히 선한 사람들이었냐고? 글쎄. 다만 때로는 특정한 장소가 절로 분위기를 형성하기도 한다. 어쩌면 문화정보원의 도서관에 여러 권 비치된 책으로 설명할 수 있을지도 모르겠다. 우리가 다 함께 읽은 그 책에는 부상자와 사망자가 긴급히 밀려드는 가운데 새벽부터 일어나 거리를 쓸고 닦은 의사들이 본인들의 무용한 행동을 설명한 다음과 같은 구절이 있었다. 우리 중 누군가가 그 구절에 연필로 흐릿하게 밑줄을 그어둔 기억이 또렷하다.

우리가 비록 고립돼서 이상한 전쟁을 하고 있지만, 사형장에 끌려가는 사람이 물구덩이를 뛰어서 건너가는 것처럼 마지막까지 우리가 가져야 할 것은 이성적인 사고를 하는 것.[5]

*

2035년 말 양 씨는 앞서 말한 대로 시위대의 행적을 모은 웹사이트를 열었다. 재판에 대비한 증거 수집이자 끝내 상연하지 못하고 유실된 연극 대본을 다시 떠올려보려는 시도이기도 했다. 나 또한 아카이빙에 협력하면서 당시 녹음했던 대화들을 다시 한번 들어보았다. 그들이

5 『5·18, 10일간의 야전병원』, 노성만 외 29인, 전남대학교병원, 2017, 33쪽.

말할 수 있도록 내가 더 공들여 귀 기울였던 시간들. 무엇에 어떻게 쓸지도 모르면서, 설령 쓰지 못하게 된다고 한들 옷차림을 단정히 하고 물구덩이를 뛰어넘는 마음가짐으로 묻고 대답했던 기록들.

그때 마침 다 같이 산에 있었던 건 우연이지. 보호소 분들은 운동이 필요하니 종종 무등산에 등반했거든. 나는 인솔 차 따라간 거였고. 몸은 괜찮았냐고? 나중에 몇 번이나 검사받았지만 별일은 없었어요. 오히려 검사하는 쪽이 뭐라도 잡아내려고 집요하게 사람을 볶아대는 게 더 귀찮았지.

글쎄, 인상적인 건 눈앞의 풍경보다 소리였어. 폭발음은 확실히 아니었어. 사이렌 소리와 경보가 저 아래서 메아리치며 멀어져가고 번쩍거리는 빛도 쏟아졌지. 하늘이 소용돌이쳤고 몇 초간 그림자도 사라졌어. 그런데 나는 그게 그냥 날이 갠 5월의 유독 환한 햇빛 정도라고 생각했던 것 같아. 폭풍의 눈 안에서는 그 영향력이 얼마나 큰지 알 수 없잖아. 음. 그러니까 아주 조용했어요.

(조용한 것도 소리가 될까요?)

그럼. 아주 작은 다른 기척들을 드러나게 해주었으니 소리지. 무대 바닥도 무대 아닌가? 모두가 침착했어. 사실 보호소 분들뿐 아니라 대체로 나이 든 광주 사람들이 빛과 요란한 소리를 즐기지 못하는 경우가 많아요. 오히려 놀라지. 보호소 근처에서 축제 날 폭죽이라도 터뜨리면 몇몇 분들은 두꺼운 이불을 덮어쓰고 오들오들 떨어. 그러니 알겠지만, 딱새 씨도 함부로 놀라게 해서는 안 돼요.

그런데 어둠에 익숙해서일까? 그날의 풍경을 다들 뚜렷이 봤다더라고. 작년에 돌아가신 선생님 중 한 분은 초상화를 기막히게 그렸는데, 매번 두통 발작을 겪고 나면 색연필이나 버려진 빨대를 갖고 어머니 얼굴을 성모님으로 그렸어. 죽고 싶어질 때마다 사고로 돌아가신 어머니가 눈부신 빛과 함께 머릿속에 나타나 말렸다고 하더라고요.

"산에 퍼진 건 바로 그런 종류의 빛이에요." 그분이 그러셨어. "성모님이 우리를 지켜주려고 빛을 드리우신 거예요. 몸이 불타는 고통을 우리 대신 감수하신 거죠."

나? 나는 종교는 없어. 우리 고통을 대신하는 누가 있다는 생각도 안 하고. 하지만 그분이 아직 여기 계셨다면 전당에 들어오셨을 거라 확신해. 내가 여기로 인도했을 거요. 얼굴도 본 적 없는 내 형을 포함해 돌아가신 분들이 나를 인도한 것과 마찬가지로. 그렇지. 당연히 그분들도 우리와 함께 사회를 이루고 있지. 그렇다면 우리는 그 사람들이 이리로 올 때 통과하는 길목 같은 거지. 빈 길목. 무대 바닥.

— 2033년 6월, 눈 씨, 광주 아시아문화전당 문화자료원에서

이 아저씨는 말을 아주 맛깔나게 해. 사람이 아주 선동가로 단련되어 가지고. (다 같이 웃음)

1980년에는 태어나지도 않았지만, 소음이라면 나도 못 참아요. 원룸살이 하다 보면 그렇게 되잖아요. 가장 싫은 거요? 데이터 속도에 따라 시간차를 두고 이어지는 재난문자의 연속적인 알림 소리. (저도 그래요!) 그렇죠? 날카롭게 놀래키는 뭔가가 진짜 싫어요. 어릴 때 남자애들이 방과 후 음악실에서 내 머리를 가운데 두고 마치 심벌즈처럼 때렸던 기억이 악몽 같아요. 걔네랑 친하지도 않았는데 왜 그랬는지 모르겠어요. 아마 그냥 재밌어서 한 짓이겠죠. 내 머리가 스펀지처럼 그래요, 흡음재처럼 그 충격을 다 빨아들여서 그런지 아직도 힘들면 이명이 들려. 빵은 '심벌즈 치기'를 당한 사람이 자기라고 하는데, 글쎄 쌍둥이라고 내 기억을 와전해서 받아들였든가 아니면 우리 둘 다 각자 고통을 겪었든가 그렇겠죠. 아무튼

내가 변덕을 부려 일본에 빵 공부하러 가기 전까지 우리 둘은 맨날 같이 놀았거든요.

그날도 집에 같이 있었죠. 나는 침실에, 빵은 부엌에. 지진인지 뭔지 구분도 안 가고 땅이 진동하는 듯해 침대 아래 바짝 엎드렸는데, 뺨에 누군가의 숨결이 닿는 듯했어요. 나는 침대 아래로 빵이 들어온 줄 알았는데, 내게 다가온 것은 아주 환한 빛이었어요. 그리고 주변이 평소처럼 조용해졌어요. 아니, 오히려 더 또렷해졌다고 해야겠네요. 길고 무서운 사이렌 소리가 뚝 멎고 나니 일상의 소리들이 다시 선명하게 살아들어왔어요. 새소리, 때 이른 매미 소리, 바스락대는 바람 소리, 거리에서 서로 잘 모르는 사이도 포함해 당신 괜찮으냐고 묻는 긴급한 목소리들. 무슨 용기인지 창밖으로 고개를 내밀고 나도 막 급하게 외쳤죠. "이보세요, 혹시 급하면 우리 집에 들어오세요!"

진짜로 학생 몇이 머물다 갔어요. 핸드폰 전파가 끊겨 가족과 연락은 안 되는데 넘어져서 팔꿈치나 무릎에 피 나는 애들 약도 발라주고 빵도 먹여 보냈죠. 씩씩하게 아무도 안 울고 돌아갔어요. 길에서 다치고 죽는 사람들이 얼마나 많아요. 평생 우리 자매 둘이서만 살면서 항상 모르는 사람을 무서워하고 피했는데. 한 자리를 내어주게 되니 마음이 이상했어요. 불편하다거나 뿌듯하다거나 그런 게 아니고. 수십 년 전 5월에도 재난을 맞은 사람들은, 아프고 다치는 가운데서도 없는 걸 서로 나누려 했겠구나 싶어서. 내가 태어나기 전의 일인데도 무지 서글퍼졌지요.

— 2033년 6월, 눈 씨의 옆자리에 있던 장미 씨, 광주 아시아문화전당 문화자료원에서

딱새: 거기 올라갔지. 산 높아. 다 같이. 응? 아니 몰라. 빛이, 어, 있지. 아니지. 보지 않았지. 있었던 거라니까. 누나를 믿지, 응. 거기에서 엄청난 빛을 봤으니 내가 성모님을 찾아 소원을 빌죠.

나: 그곳에서 성모님을 만나셨어요?

딱새: 성모님은 여기저기 계실 만큼 크고도 작아요. 거기서는 이야기도 나눌 수 있었지요.

나: 그러니까 그곳에서는 마주 보고 말씀도 나누신 거네요. 무슨 소원을 빌었나 물어봐도 될까요?

딱새: 아 인간으로서 청결하게 살게 해달라고. 뭇 동물들과 같이. 우리 누나와 같이. 내가 있기 전과 내가 있고 난 뒤에

도 있을, 그렇지만 내게는 없고 세상에도 없는, 아주 크게 있는 청결함이 우리 누나에게는 오게 해달라고. 영원히 이어지도록 해달라고. 지금 내 오직 유일한 꿈이에요. 성모님도 아십니다. 그런데 좋은 꿈을 꾸다 보면 항상 너무 일찍 깨게 되고 맙니다.

— 2033년 6월, 발작 여파 탓에 눈을 반쯤 감고 축 늘어졌던 딱새씨, 광주 아시아문화전당 문화자료원에서

자 자, 아니 아저씨 조용하시고 들어보세요.

저기 지붕이 열리면 무대가 방주인 거예요. 동물들과 무대 구석에 숨은 인간 남매 한 쌍이 나와요. 나머지가 동물 역할을 하고, 남매 역할은 빵 씨랑 장미 씨가 하면 좋겠는데, 사실 딱히 남매가 아니라 자매나 형제여도 상관없고요.

응? 아니야. 지붕은 열릴 거예요. 찾아보면 버튼이 있을 걸요. 아무튼.

어린 남매는 대홍수에서 살아남은 인간들이 자기들뿐이라는 데 지치고 겁먹은 상태고요. 겁먹은 인간은 흔히 상대를 더 겁먹게 만들어서 자기 두려움을 쫓아버리려 하지요. 남매는 인간이 만들어 둔 방주 덕에 동물들이 살아남은 거라고 말

하면서 잠시 대장 노릇을 해먹어요. 하지만 동물들은 바보가 아니거든요. 나중에는 동물들이 오들오들 떠는 남매를 둘러싸고 책임을 따져 묻는 거예요.

"이 세상은 대홍수 이전부터 진작 망했다고!"

"멸망 전부터 멸종은 매일 이루어졌어. 너희의 가족과 친구들이 사라지기 전에 이미 우리의 가족과 친구들이 모두 사라졌어."

"어린 너희에게 모든 책임을 묻는 건 가혹할지도 모르니 좀 더 생각을 해보자고."

이런 식으로 동물들이 두 인간을 은근히 압박하는 거예요.

"여기서도 대장 노릇을 하려 드는 건 괜찮지만, 그러자면 책임도 져야 할 거야. 너희가 이걸 책임질 수 있다고 생각해? 무엇으로?"

— 2033년 6월, 밤새 쓴 대본을 열심히 설명하는 양 씨, 광주 아시아문화전당 문화자료원에서

찬란: 그러면 결말은 어떻게 되나요? 동물들이 힘을 합쳐 인간 남매를 죽이나요?

양: 어, 그거는…… 결말은 이제 생각 좀 해보려고요.

하마: 아니, 그런 식으로는 안 끝나겠지. 책임이란 인간이 질 수 있는 몫이 아니지. 지나간 시간은 누구도 책임 못 지지. 그러니까 지나간 시간도 인간에게는 대답하지 않지. 함부로 책임을 질 수 있다고 마음먹은 인간에게는 아무도 대답 안 하지. 그런 자만하는 인간이 듣게 되는 건 자기 자신의 목소리뿐이야. 그러니 물어보더라도 내가 바라는 대답이 들릴 거라 기대해서는 안 돼.

찬란: 목시가 누구예요? 목시는 왜 지나요?

양: 아니, 목시 말고 몫이요. 그러니까 그건 전체의 한 부분. 자기가 맡아서 책임지는 부분.

찬란: 그러면 목시는, 인간의 책임은, 답이 돌아오지 않을 줄 알면서 왜 묻는 건가요?

— 2033년 6월, 잠자코 양 씨의 설명을 듣던 찬란 씨와 기둥처럼 선 채 딱새 씨의 손을 아프도록 꽉 움켜쥔 하마 씨의 대화, 광주 아시아문화전당 문화자료원에서

(…) 그리고 "지나간 시간은 누구도 책임 못 지지"라는 말을 듣고 나서, 사실 나는 이제 떠날 때가 왔다고 생각했습니다. 외부인의 몫은 여기까지구나 싶더라고요. 당신 표현대로

남 일처럼 지켜보던 나라의 고립된 장소를 떠나 내 자리에 발 디딜 때가 되었다고. 그래서 나가려는데 우연찮게 진압대가 들어온 셈이죠.

그런데 어디로 가야 할까요? 한국 혹은 미국. 어디도 내 나라는 아닌데요. 10대 시절 한국 출신이라 밝히면 주변에서는 김정은과 개고기 이야기만 꺼냈어요(이 부분에서 BTS가 끼친 긍정적인 영향력을 무시할 수 없네요). 미국에 살고, 미국 사회에 받아들여지기 위해 힘쓰면서도 일상적으로 밀려나는 양친의 몸부림이 정말로 지긋지긋했습니다. 하지만 더 견딜 수 없었던 건 그 몸부림을 놀림감 삼는 주류 백인 사회의 태도였습니다. 다 자라서, 만나는 대부분의 사람들이 한국이라는 나라를 어느 정도 알게 되고 난 뒤에도 어릴 적 나를 힘들게 한 선입견에서 벗어날 수 없더라고요. 왜냐하면 나는 한국 사람이 아니니까요. 이미 벗어난 대상에서 다시 벗어나기는 불가능하잖아요.

시카고 혹은 광주. 나는 이 도시로 돌아와, 엄마에게(엄청나게 혼난 뒤) 요청해 좀 더 한국어를 공부했습니다(저 위에서 딱 맞게 사용한 '몫'이 보이시나요? 하하). 아이러니하게도 광주에 머물며 내가 본 것은 고향에서 나고 자란 이들이 바로 그 이유만으로 조국에게 부정당하고 조롱받는 모습, j-hope이라는 희망이 태어난 빛의 도시(光州) 또한 그런 고통에 빠진 모습이었습니다. 물론 이런 모습은 팔레스타인, 서구 열강의 국경지대, 예컨대 여기 미국에서도 과거와 현재와 미래를 가로질러 끊임없이 발견됩니다. 지나간 시간이 굳이 우리에게 대답할 이유도 없는 셈입니다. 모든 것을 반복 중인 쪽은 시간이 아니라 우리니까요.

하지만 그날 그 순간에는 분명히 현재 광주에서 일어나고 있는 부조리이기도 했지요. "너희가 이걸 책임질 수 있다고 생각해?" 하하하.

그렇게 짐을 다 싸놓고서, 내가 도망치는 건가 싶어 스스로에게 화가 치미는데 갑자기 당신이 다가와 말을 걸었어요. 내가 어떤 양가감정에 시달리는지 아는 것처럼 말이죠.

엄마에게 물어 이해한 표현대로라면, 우리는 친구라기보다 '동지'인 것 같네요. 싸움에 임할 때 뜻을 함께하는 상대를 이르는 표현이라는군요. 일 년 중 가장 겨울이 긴 밤을 이르는 말이라고도 하네요. 나 또한 곧장 귀국하지 않고 한국 시위에 휘말렸다는 이유로 아직도 이런저런 귀찮은 서류를 쓰고 있습니다. 그러니까 동지, 가장 긴 밤 내내 건강하세요. 첨

부파일 외에도 재판에 필요한 자료가 있다면 바로 연락 주시고요. 병원에 입원한 동지들도 모두 건강해지길 바랍니다. 내 소식은 당신 보기에 춤 실력이 늘었을 때 구태여 또 전하겠습니다. 내 생각에는 지금도 이미 훌륭하지만요.

— 앞서 소개한 찬란 씨의 이메일 뒷부분

*

마지막 날 밤, 솔직히 말해 나는 찬란 씨가 화가 났는지 전혀 몰랐다. 다만 찬란 씨는 좀 울적해 보였다. 흥얼거리며 춤추는 대신 어둑한 계단 뒤편에 무릎을 모으고, 돌이켜보면 확실히 수상하게 말끔히 정리를 마친 트렁크 곁에 이어폰을 꽂고서 쭈그러져 있었다. 땋지 않은 머리가 부스스했다.

모두가 유달리 활기찬 밤이라 찬란 씨의 모습은 더 눈에 띄었다. 반갑게도 열린 창틈으로 잠시나마 시원한 바람이 불었다. 어떤 시민이 믹스커피가 아닌 신선한 원두로 아이스커피를 내려줬다. 그리고 마침내 대본 초고가 90퍼센트 완성되었다. 방주에 오른 동물들 역을 맡은 이들의 신나는 고함이 전당 안에 울려 퍼졌다("어떻게 책임질래! 너희들 때문에 망해버린 이 세상을 어떻게 할 거야?"). 그에 반해 쭈그러들고 자신감 없게 들려야 해 웃음을 눌러 참는 빵 씨와 장미 씨의 대답("있잖아, 곤란하겠지만 우리도 어려서 뭘 어떻게 책임져야 할지 당장은 모르겠거든" "게다가 책임져야 할 죽은 인간들도 다시는 돌아오지 않는단 말이야")이 이어졌다.

나는 찬란 씨가 지나치게 길고 많은 한국어가 울려 퍼지는 환경에 지쳤나 넘겨짚었다. 그렇다면 내가 준비한 작은 선물을 건넬 타이밍이었다.

"뭐 해요?"

찬란 씨는 대꾸가 없었다. 나는 민망한 마음으로 두 번 구겨 접은 쪽지를 건넸다.

"이거 좀 읽어봐요."

찬란 씨가 자주 듣던, 우연찮게 그 순간에도 듣고 있던 j-hope의 곡 'On The Street' 가사 해석본이었다. 사실 선물이라기엔 뭣한 것이, 노트를 찢어 볼펜으로 끄적인 정도였다.

"뭐 번역 어플과 유튜브와 블로그와 기타 등등 손쉬운

해석이 많은 줄은 알지만, 여기서 만난 한국인에게 받으면 또 다른 의미가 있지 않겠어요?"

내가 지껄이자 찬란 씨가 스르르 일어났다. 말은 없었지만 잠자코 쪽지를 펼쳐 어둠 속에서 오래 들여다봤다. 저쪽에서 와, 하고 소란이 일었다. 눈을 가늘게 뜨고 한참 보던 찬란 씨가 또박또박 한 구절을 발음했다.

"가는 길이 희망이 되고자 하여, 나 구태여."

왜 여기다 밑줄을 그었느냐고 찬란 씨는 물었다. 나는 구태여라는 표현이 흥미로워서라고, 일부러 애쓴다는 뜻의 표현이 희망의 도래를 더 조심스럽게 만드는 것 같다고 했다. 올 수도 있고, 안 올 수도 있지만 와야만 하는 것에 어울리는 표현이라고. 찬란 씨는 글쎄요, 하고 심드렁하게 대꾸하더니 어차피 산 자들 모두 구태여의 시간을 보내고 있는 것 아니냐고 했다. 산 것도 아니고 안 산 것도 아니고. 나는 그건 좀 비약이라고 했다. 비약이 뭐냐, 삐약이냐고 찬란 씨는 물었다.

"뛰어넘어 가기 위해 나는 것을 뜻해요."

"삐약이는 새끼 닭이잖아요. 다 큰 다음에도 못 날잖아요. 나도 알아요."

찬란 씨는 손을 파닥거렸다. 나는 짜증이 났다.

"아는데 왜 물어봐요?"

"왜냐하면…… 그러니까…… 구태여."

잠시 나는 얼이 빠졌다. 이어서 우리는 눈이 마주쳤고 이내 웃기 시작했다. 얼이 빠져서, 멍청하게. 어둠 속에서 대사를 멈춘 몇몇이 무슨 일이 있나 싶어 우리를 쳐다볼 만큼 긴 웃음이었다. 내가 차츰 웃음을 멈춘 뒤로도 찬란 씨는 좀 더 어깨를 떨며 웃었다. 사레라도 들린 것처럼. 자기 의지만으로는 멈출 수 없는 것처럼.

문득 나는 깨달았다. 더 정확히는, 그때 어떤 기미를 느꼈고 나중에야 의미를 부여했다. 낯선 나라의 낯선 지방에서 낮모를 시위대에 끼어 두 달을 견뎌낼 수 있는 평범한 사람은 없다는 사실. 다른 모든 사람과 같이 찬란 씨의 내면도 드러나 보인 것 이상으로 복잡한 음영과 깊이를 지녔다는 사실. 내가 함부로 건널 수도 없고 건너가겠다고 말해서도 안 될 요철과 절벽과 계곡이 있다는 사실. 그럼에도 그것이 있다는 사실을, 내가 손을 뻗어 찬란 씨의 손을 맞잡았다고 쓰고야 마는 것. 구태여.

"여기 머문 건 솔직히 멍청한 짓이었지만 즐거웠어

요."

"뭐야. 둘만 여기서 뭐 해요?"

우리 곁으로 양손을 흔들며 달려온 양 씨가 찬란 씨와 내가 맞잡은 손을 잠깐 쳐다봤다. 그새 찬란 씨의 손이 파리 쫓듯 퍼덕여 내 손을 털어냈다. 손톱 아래 때가 낀 작지만 단단한 손이었다. 나는 민망해서 감지 않은 머리를 긁적였다. 덕지덕지 붙은 피로에도 불구하고 양 씨의 얼굴은 환했다. 곧 첫 작품을 발표할 창작자의 설렘이 느껴졌다. 죄 없는 동물들과 어린 인간들이 어떻게 재난 후 세상에서 함께 살 수 있을지 겨우 결론을 냈다고 했다. 둘 중 어느 쪽도 죽지 않고 살아남는 길을 찾았다면서.

"……그리고 이제 막이 내린 무대에서 우리가 인사하는 대신 다 같이 춤을 추는 거예요. 관객들도 자기 위치에서 추고, 원하면 무대까지 내려와도 괜찮고. 아무렇게나 신나게. 원하는 만큼. 찬란 씨가 추던 막춤에서 아이디어를 얻었죠. 그런데 장본인이 여기서 힘없이 쭈그려 있잖아요. 둘이 싸웠어요?"

들뜬 양 씨가 상상의 나래를 더 펼치기 전에 내가 얼른 손을 내밀었다. 우리 셋은 하이파이브를 했다.

"아뇨. 그냥 멍청한 짓 했어요. 그러니까 찬란 씨 말고, 내가 나 혼자서."

내 한숨에 찬란 씨가 씩 웃었다.

"멍청한 짓은 좋은 거죠. 우리 연극과 우리들에게 필요한 게 바로 상상력을 북돋워줄 멍청한 짓이니까요."

그리고 두 시간 뒤 이른 새벽, 저 위 구도청의 투명한 창문들마저 연기로 뒤덮어버린 최루탄과 함께 진압대가 밀고 들어왔다.

2036년 5월, 광주-서울에서

알렉산드르 소쿠로프, 《러시아 방주 Русский ковчег》(2002).

이 영화는 박물관 안에 갇힌 주인공의 시점으로

96분간의 원테이크 기법으로 촬영되었다.

점거당한 집

용인 편

백남준아트센터와 소설 『문 안에서』

박한일이 제대하고 일주일 뒤 박하니의 집을 찾은 2033년 6월 13일은 한낮 최고기온이 43도에 달하는 폭서였다. 누나가 전화를 통 받지 않아 어머니가 가보게 시킨 것이다. 누나는 며칠 전까지 백남준아트센터에서의 전시를 마무리한 차였다.

버스 정류장에서 10분 정도 걷는 것만으로도 온몸에 땀이 얼룩져 집의 악취와 당장 구분하기 어려웠다. 잎이 반들거리는 가로수들의 무성함처럼 창 닫힌 원룸은 책들로 난장판이었다. 다만 생기를 띤 나뭇잎과 달리 현관에서부터 책이 엎질러진 원룸은 재건되다 만 폐허의 정적

속이었다. 창가의 작은 화분들은 다 말라 죽어, 배를 뒤집고 죽은 곤충들이 놓인 흙에서 실처럼 꿈틀거리는 벌레들이 기어 나왔다. 한일은 어머니처럼 누나에게 별일이 생겼을까 봐 걱정하지는 않았다. 하지만 누나의 집에는 무슨 일이 생긴 게 분명했으니, 받지 않는 전화에 매달리기보다 일단 청소부터 하기로 했다. 어쨌든 둘이 같이 살던 시절에도 청소는 거의 한일의 몫이었다.

창을 열자 입김처럼 뜨거운 바람이 훅 끼쳐 이마에 맺힌 땀이 흘렀다. 쉰 반찬과 거품이 이는 음료들, 플라스틱 용기에 눌어붙은 소스들을 버리고 가스레인지 상판을 닦던 중 경찰에게 연락이 왔다. 하니의 신용카드와 핸드폰이 모두 백남준아트센터 내 카페에서 어제까지 사용됐다는 보고였다. 센터에서 하니의 원룸까지는 마을버스로 15분 거리. 경찰은 센터에 확인한 바로는 젊은 여성이 머물고 있다고 해 혹시 모르니 출동해 봐야 할지를 물었다.

"아뇨, 괜찮을 것 같네요."

한일이 차분히 대답하자 저편에서 한숨을 푹 내쉬었다. 경찰은 이미 이 신고를 폭염보다도 대수롭지 않은 시달림, 흔한 가정 내 불화라고 결론 내렸을 것이다.

"무슨 일이든 누나에 대해 더 알아보고 다시 연락하세요."

그 모든 난장판의 틈, 식탁 겸 책상 한가운데에 하니의 전시 팸플릿이 파낸 사과 속처럼 활짝 벌어져 있었다. 하니가 참여한 전시였다. 일정대로라면 며칠 전 끝났기에, 전시관에 머물 이유가 없었다. 제대하는 한일을 혼자 마중 나온 어머니는 전시에 대해 거의 들은 바가 없다고 고개를 저었다.

"그것 때문에 너 보러 나오기 곤란할 것 같다고만 하더라. 너희 같은 애들은 늘 그런 식으로 약속을 미루잖니."

"에이, 저는 엄마 잘 챙기잖아요."

"옆구리 찔러줘야 나오는 말은 못 미더워."

그래도 한일은 누나와 같은 부류로 묶이기에는 자존심이 상했다. 한일이 부대에서 전화로 들은 전시에 대한 설명 역시 장황하고 불분명하기는 마찬가지였다.

"아시아문화전당에서 재작년 봄에 했던 걸 보강했어. 어쨌든 전시공간의 폐쇄 때문에 작품 회수는 망했으니까."

하니는 2031년 5월 광주비엔날레에 신진작가로 초청

받아 전시를 연 참이었다. 며칠 뒤 월성원전사고가 터지면서 전시물들은 폐쇄된 전시공간에 고스란히 방치되었다.

"전화위복 삼았구나."

"그렇지. 그런 김에 더 나아지도록 힘쓰려고도 했고. 그때는 아주 커다란 미술관 안을 누비는 관람객의 동선을 신경 써야 했어. 거긴 지상부터 지하까지 깊고 넓거든. 역사적 맥락도 있고. 이번에는 백남준아트센터라는 더 좁고 개인적인 공간에 초점을 맞췄지. 나는 여전히 그곳이 개인적인 공간이라 생각해. 센터는 우리 추억과 아주 가깝고, 어릴 때부터 자주 다니면서 덥거나 추울 때는 아예 거기에서 살고 싶어 했고 또 하룻밤을 샐 뻔도 했던 곳이고……."

"아니, 나는 거기서 살고 싶진 않았는데."

꼽자면 한일은 환한 곳보다 어두운 곳, 직접 움직이기보다는 움직임을 관망하는 쪽이 좋았다. 영화관이 좋았다는 뜻이다. 어머니에게 물려받은 선호였다. 한일과 어머니가 큰 스크린에 눈을 박고 어두운 공간에서 숨죽여 웅크린 채 다른 시간의 흐름에 편입되는 동안 하니는 다리를 덜덜 떨며 핸드폰을 만지작댔다. 그와 어머니는 펼쳐지는 세상을 관망하는 데 만족했다. 누나는 쿵쿵대며 돌아다니고 싶어 안달 난 사람이었다.

"가만히 앉아만 있는 건 이상해."

"안 이상해."

"이상해. 집에서 밥 먹으며, 누워서 모니터로 영화를 보면 영화관이 얼마나 이상한 공간인지 느낄걸. 언젠가는 사람들이 컴컴한 데서 나란히 두 시간 동안 환한 스크린만 쳐다보는 게 얼마나 이상한 일인지 두루 인정받는 날이 올 거야."

한일은 누나가 한 번에 예닐곱 개의 영상을 같이 보길 바란다고 생각했다. 예닐곱 권의 책을 한꺼번에 읽느라 결국 무엇도 완독하지 못하는 독자처럼. 웃기지는 않았지만 웃음이 났다. 그건 결국 아무것도 보지 않는 것과 똑같지 않을까?

"그렇게 치면 미술관에서는 뭘 먹지도 못해. 영화관에는 팝콘이랑 나초가 있다고. 누나가 좋아하는 탄산음료까지."

"그래도 내가 미술관에서 자자고 했으면 같이 그리해

줬을 거잖아. 『클로디아의 비밀』에 나오는 남동생처럼."

"그게 뭔데?"

"왜 몰라?"

"왜 내가 알 거라고 생각해?"

한일과 대화할 때 누나는 자주 그가 모르는 책 이야기를 덧붙였다. 마치 자기가 읽었으니 동생도 같은 감상을 공유하는 게 당연하다는 것처럼. 게다가 십중팔구는 파스타 면을 삶거나 영화 이야기를 나누던 군대 동기의 자살 계획을 발견했을 때처럼 주의력이 절대로 분산되면 안 될 순간에 말이다. 청소년 소설 『클로디아의 비밀』은 야무진 누나가 남동생을 꼬드겨 가출해 뉴욕미술관에 머물며, 분수대에서 몸도 닦고 동전도 주워다 쓰고 옛 왕실 침대에서 잠도 자다 뿌듯하게 집으로 돌아가는 이야기란다. 허공에 한 발 내딛듯 비밀을 꿈꾸는 누나에 비해 돈 계산에 밝은 남동생은 투덜거리면서도 결국 손을 맞잡고 같이 나아간다고.

"한 권 사서 보내줄까? 어차피 두 달 지나면 민간인이 되겠지만."

"두 달 아니고 43일 남았거든. 아무튼 책은 됐어. 지겨

워."

책이 지긋지긋해진 것도 누나 탓이었다. 책 하면 한일은 입대 전 한동안 누나의 집에 얹혀살던 때 방 안 가득 찼던 책들부터 떠올라 진저리가 쳐졌다. 우체국 1호 박스에 차곡차곡 포개져 들어갔다, 이제는 끝내 폭발해 바닥이며 전자레인지 위, 화장실 선반과 창틀에까지 널려 있게 된 책들. 애초에 한일이 함께하기엔 좁은 방이었다. 하지만 다른 방도가 없었다. 둘은 널린 박스들 위에 매트리스를 깔고 누워 잤다.

누나는 꽤나 자주 한두 장, 한두 줄 혹은 단어 하나를 확인하기 위해 매트리스를 들추고 책을 꺼내 엎어놓았다. 특히 한밤중, 클럽 아르바이트를 다녀온 한일이 지친 몸을 막 누이려 들 때 자주 그랬다. 깊은 밤 특히 영감이 자주 떠오른다나. 그 영감은 새벽잠도 없는 게 분명해서 잠시 머물다 가버렸다. 그리고 누나가 꺼낸 책들은 겨우 몇 줄 다시 읽히는 주제에 절대 다시 제자리로 들어가는 법이 없었다. 애초에 제자리가 있기나 한가 싶기도 했다. 꼭 한일이 치우고 있는 지금 이 집 풍경처럼.

"푸코도 집에 원고 뭉치로 꽉 찬 박스를 쌓아 뒀대. 어찌나 자료가 많았는지, 죽기 전 자기 연인 드페르에게 현관 열쇠부터 바꾸라고 했다더라. 워낙 집에 드나들던 사람이 많아 자기 자료를 누가 가져갈까 걱정됐겠지."

"푸코가 누구야."

"모른다고? 너 진짜 철학자 푸코를 몰라?"

곁에 있다면 등짝이라도 칠 듯 목소리가 높아지더니, 수화기 너머로 부스럭대는 소리가 났다. 하니가 다시 책을 찾아 상자 안을 뒤지는 듯했다. 그런 책들은 또 십중팔구 비곗덩이처럼 두툼했다. 택배 상하차 아르바이트 시절 기사 아저씨들이 왜 책 상자를 돌덩이라고 부르며 싫어했는지 알 것 같았다.

"누나 철학 해?"

"예술을 하지. 넌 왜 예술 안 해?"

누나가 예술을 하는데 나까지 하면 우리 집은 어쩌라고……. 불만스레 웅얼거렸지만, 그래도 한일은 책을 버리자는 말은 하지 않았다(술을 마셔 기억이 가물거리는 한두 번만 빼면, 아마도). 무엇보다 집이 하니의 것이기도 했거니와 영화는 묽고 책이 순도 높다는 하니의 주장대로라면 그 책들이 누나의 불가사의한 우주를 물화시킨 별의

입자들이겠다 싶어 참아낸 건데, 이제 주인 없는 집에서 그 책들은 바닥이며 습기 찬 선반에 하도 오래 펼쳐져 있어 주름지고 얼룩지고 눅눅해진 부스러기였다. 변기 위에 펼쳐져 쭈글쭈글해진 동물도감에는 동물들이 천적을 피하는 방법에 밑줄이 그어져 있었다.

피식자 동물들이 스스로를 지키는 데는 여러 방식이 있다. 예컨대 남극의 펭귄 무리는 시공간에서 몸을 숨긴다. 극단적으로 고립된 장소에서 생존하며 누구의 눈에도 띄지 않게 되는 것이다.

그래도 누나와 부대낀 세월이 헛되지는 않아, 한일은 청소하면서 어질러진 책들이 만든 일련의 흐름을 차츰 인지했다. 『5·18 야간병동 증언록』이 『제주4·3 진상 보고서』와 겹쳐 쌓이고, 그 위를 『일본 오키나와의 생활사 연구론』이 머릿돌처럼 괸 식이었다. 이 책 무더기는 에르미타주미술관에서 찍었다는 소쿠로프의 영화《러시아 방주》대본집, 다시 예의 『클로디아의 비밀』로 이어졌다. 무질서한 책 무더기에 축이 있다면 그건 아마 식탁으로,

전시 팸플릿 외에도 중요한 소설책이 두 권 놓여 있었다. 코르타사르의 『드러누운 밤』과 존 쿳시의 『엘리자베스 코스텔로』 그리고 새 레이스 속옷 세트.

앙증맞은 리본이 달린 티팬티를 개자니 혼자서도 절로 고개가 저어졌다. 책 말미에서 진짜 비밀을 간직한 할머니와 조우한 클로디아는 사실 오직 혼자만 간직한 비밀이라는 힘을 갖고 싶어 집을 탈출했다고 털어놓는다. 비밀은 인간을 더 강하게 만들어준다. 할머니가 들려준 비밀은 지금껏 남동생과 세트로 묶이던 클로디아를 한 명의 인간으로 변화시켰다.

"클로디아는 비밀이라는 힘을 얻고 뿌듯하게 집으로 돌아가지만, 나야 간직할 비밀은 이미 충분했으니까 어딘가로 숨고 싶었지."

"나도 지금 딱 그래."

"제대하면 놀러와, 재워줄게. 같이 소설 쓰기로 한 거 기억하지? 넌 안 썼을 테니 내가 좀 끄적거렸다."

"진짜 썼다고? 술 먹인 약속은 무효지."

"에이, 어쨌든 네가 오케이 했잖아."

"입대 전날 밤이면 사람이 무슨 약속이건 못 하겠어."

한일은 투덜거렸다. 누나의 창작열에 자주 옮아 붙은 경험에 따라 그건 훈훈하지만 숱한 고통도 불러온다는 걸 잘 알았다. 보통은 양쪽이 구분할 수도 없이 함께였다.

"너무 중요해서 오히려 함부로 내뱉을 수밖에 없는 말을 툭 뱉고 나면 언제고 후회하게 된단 말이야. 안 그러냐, 동생아?"

"누나는 이제 청소하는 법 좀 알아?"

"와서 보면 그걸 알게 될걸. 아무튼 전시 아이디어를 너한테는 꼭 말하고 싶었어. 그냥 나 하나 숨어도 모를 쾌적하고 조용한 공간에서 누워나 있고 싶었던 기억에서 출발했다고."

"누나 혼자 숨어도?"

"어어, 미안하다. 우리 둘이 숨어도."

그리고 성마르게 웃는지, 마른기침을 뱉는지 알 수 없어 잠자리에 누운 뒤에도 누나를 살펴보게 만들던 가쁜 숨소리가 수화기 너머로 들려왔다.

"이제 너도 기억나나 보네. 어릴 때 같이 돌아다녔던 전시관이."

그랬다. 문제의 핵심은 하니가 언제나 혼자 누우려고

든 사람은 아니었다는 데 있었다. 둘은 남매였다. 원치 않더라도 많은 것을 나눠야 하는 한배들이. 하지만 나이 차가 일곱 살이나 나다 보니 매번 누나가 뭔가를 나누고 한일이 받는 쪽이었다. 원치 않거나 원한다고 한 적 없는 것까지 받아야 했다. 누나의 비밀들. 엄마는 매일 이천 원과 함께 하니와 한일을 집에 남겨두고 출근했다. 하지만 하니는 엄마도 우리가 매일 그 돈으로, 그 방 안에서, 똑같은 하루를 보내리라 믿지는 않았을 거라고 주장했다. 그 돈으로는 살 수 없는 것들이 너무 많았다. 함께 주머니에 슬쩍 쑤셔 넣은 캐러멜부터 누나의 신경안정제가 든 약봉투까지. 누나와 한일의 비밀들. 성인이 되자마자 독립해 고시원으로 들어간 뒤에도 하니는 한일에게 당부했다.

"너만 알아. 약 이야기는 엄마한테 하지 말고."

그렇게 비밀이 무성하게 자라도록 방치된 이 집을 집이라고 할 수 있나. 청소하며 한일은 생각했다. 집이란 마땅히 딱 들어맞는 공간이어야 하는데. 집이 거기 사는 사람의 삶을 보여준다면 이 집은……. 과자 부스러기처럼 집 안을 점거한 책들은 베개 위에 활짝 펼쳐진 소설책 앞으로 길을 내 한일을 이끌었다. 아까 식탁 위에도 있던 코르타사르의 소설집이었다. 첫 수록 단편「점거당한 집」의 마지막 장이 금빛 클립으로 고정되어 펼쳐져 있었다. 소설은 무척 짧았다. 훑어보니 남매가 단둘이 살던 유서 깊은 집을 알 수 없는 침입자에게 빼앗겨 거리로 나선 이야기였다.

얼씨구, 한일은 피로와 짜증으로 대충 넘겼던 전시 팸플릿을 다시 한번 곧똑히 들여다봤다.

전시관 안을 걷는 관객을 생성의 동력으로 삼은 본 전시에서 박하니는 미술관의 고립되고 폐쇄된 성격에 주목한다. 2031년 광주 국립아시아문화전당에서 열린 기획전〈문 밖으로: 걷는 이들의 상상력〉에서 작가는 불가사의했던 '빛의 장벽' 현상과 그 이후 벌어진 일련의 소란을 행위예술로 표현했다. (…) 용인 백남준아트센터의 공간을 활용한다는 것은 곧 독창적 예술가 백남준의 비디오아트 작품들과 협응한다는 뜻이다. 박하니는 이 공간을 활용하면서 그 부분을 명심했다. 본인 집에 설치한 위장카메라를 통해 관객의 참여를 보다 내밀하고 닫힌 공간으로 유도한다. 네 대의 카메라가 전시 기간 내내 작가의 텅 빈 집을 녹화한다. 정말로 빈집인가? 카메라

렌즈 안에서 무언가 움직이지 않았던가? 관객이 화면을 들여다보는 바로 그 전시공간을 작가는 활보 중이다. 이렇게 전시공간으로써의 집과 거처로 쓰이는 전시공간이 기이한 대조를 이룬다.

한일이 침실 벽시계 뒤편에 숨겨진 위장카메라를 찾아냈을 때는 이미 하늘이 보랏빛으로 가라앉은 저녁이었다. 싱크대 곁 고무나무 화분 아래, 현관 창틀 위, 화장실 선반에 쌓인 수건 틈에서 총 세 대의 카메라가 더 나왔다. 모두 전원이 꺼져 있었다. 일주일 전 혹은 그보다 더 전에 작동을 멈춘 상태였다. 실효성 없는 보물찾기를 마친 먼지투성이의 한일은 마지막 위장카메라를 꽉 움켜쥐었다. 내던져버릴까? 집을 나가고 싶으면 혼자 나가라고, 혼자 나갔으면 불러내지 말라고. 하지만 한일은 던지는 대신 카메라의 아주 작은 렌즈를 문질러 닦아 역시나 한일이 반들거리게 청소한 식탁 위에 올려놓았다.

카메라가 계속 작동해, 한일이 멍청이처럼 돌아다니는 모습이 미술관에 연결된 패드로 전시됐다면 어땠을까? 그래도 부수지는 않았을 것이다. 부숴버리고 싶었대도 말이다. 선을 넘지 않는 것은 별수 없이 타고난 한일의 성미였고, 누나는 바로 그것 때문에 한일이 스스로 창작할 열정을 갖지 못한다며 답답해했다. 한일이 언젠가 압바스 키아로스타미의 영화《체리 향기》를 독립극장에서 보고 죽을 자리를 찾아 돌아다니는 주인공을 위해 혼자 울었다고 털어놓자, 필름 영화를 보고 독립극장에서 흐느껴 우는 애가 바로 내 동생이라고 놀리더니 이내 정색하고 들볶기 시작했다.

"네 작품이 안 떠오른다면, 감상이라도 길게 써봐."

"내가 뭘 더할 필요가 없어서 그 영화가 좋았던 건데."

"영화를 천 편도 넘게 보고서 아무 영감도 없었단 말이야? 그렇게 안에 뭔가 잔뜩 집어넣었다면 반드시 꺼내놓지 않으면 안 돼!"

"나처럼 그냥 보는 걸로 만족하는 사람이 훨씬 많을 거라 생각해. 누가 옆에서 일일이 말을 걸지 않으면 더 만족스럽게 볼 수 있을 테고."

한일은 손에 닿는 쿠션을 끌어다 껴안았다. 하니가 열띠고 단정적인 어투로 긴 문장을 매끄럽게 늘어놓을 때면 한일도 덩달아 긴장하게 됐다. 누나의 흥분 속에는 늘 두려움이 섞여 있었고, 그게 구름처럼 불어나면 기분의 발목을 잡고 별안간 끌어 내리기 일쑤였으니.

"그런 안일함은 배신이야!"

하니는 다른 쿠션을 들어다 한일의 뒤통수를 퍽 쳤다.

"대체 누구에 대한 배신이란 말이야? 영화를 즐기는 게?"

"너 자신에 대한 배신이지. 내겐 말하지 않아도 너는 알고 있을 네 마음 말이야."

피곤해졌다. 군대는 좆같았지만 은유의 구름 따위는 찾아볼 수도 없을 만큼 엄폐마저 노골적이었다. 밥은 밥이었다. 행군은 행군이었다. 그런가 하면, 보기보다 위험하지 않다는 말은 조심하라는 소리였고, 별일 아닐 거라는 말은 좆같다는 소리였다. 가만히 있으면 된다는 말은 좆되지 않도록 입 다물라는 소리였다. 한일은 그곳에서 뭔가를 (드물게) 좋아하거나 (매우 자주) 증오하는 마음이 얼마나 단순해지는지 배웠다.

"옛날에도 그렇고, 하필 그쪽 지방에서만 그런 불온한 일이 자꾸 생기는 이유가 분명 있을 거란 말이다."

선임이 무등산의 광선 장벽을 놓고 농담할 때 "그런 불온한 일"이란 발화자의 삶과는 대단히 떨어져 수상쩍어 보이는 덩어리일 뿐이었다. 반면 누나와 말할 때면 발화는 산책 중인 두 사람을 따라오는 구름처럼 폭신하게 부풀어 올랐다. 세상은 비유의 구름에 파묻혔다. 그러나 어떤 산책자가 구름을 붙들 수 있단 말인가?

한일은 침대에 풀썩 엎어졌다. 그 와중에도 소설집을 살짝 집어 책등에 간 주름이 펴지도록 문질러 꽂아뒀다. 그리고 락스 냄새가 채 가시지 않은 욕실에서 온몸을 꼼꼼히 씻고 면도까지 마쳤다. 누나가 더 이상 책들이 필요치 않게 됐다 해도 책을 돌보는 게 어려운 일은 아니었으니까. 누나를 돌보는 일이 한일에게 정말로 어려운 적은 없었던 것처럼.

전등을 꺼도 싸락눈처럼 방충망에 달라붙은 날벌레들은 날아가지 않았다. 렌즈가 드러나지 않게끔 위장된 네 대의 카메라들이 두 쌍의 눈알로 그를 올려다봤다. 무엇도 비추지 않는 텅 빈 눈알들. 잠시 그 눈알들이 되어 벌레가 떠도는 방충망 밖 어둠을 멀리 조명해보자. 영사의 필수조건인 짙은 어둠을 가로지르자. 보디로션 향을 풍기는 한일과 이제 주인 없이도 깨끗이 정돈된 집과 달리,

면 어둠 저편에서 하니는 시큼하고 축축한 땀을 흘리며 전시실 바닥에 드러누워 있었다. 그러다 천천히 몸을 일으켜 앉았다.

*

“『문 안에서』의 본격 집필은 그보다도 몇 주 뒤 일이긴 했지만, 아마도 그날 밤이 진짜 시작이지 않았나 싶네요. 이 전시관에서 먹고 자던 누나가 집으로 돌아왔을 때.”

인터뷰 일정을 정할 때, 한일은 내게 백남준아트센터에서 만나자고 했다. 마침 박하니의 회고전 중이었고, 또 남매의 옛 추억이 어린 장소기도 했다. 한일은 전시관 안을 둘러보며 여기가 아마 누나가 누워 있던 곳, 하고 웃으면서 구둣발로 맨바닥을 짚었다.

“더 어렸을 적에는 아마 저도 누워 있었던 곳일지도 몰라요.”

“미술관에서 누워 있었다고요?”

“여기서 살 거라고 했죠. 시원하고 쾌적하니까.”

한일을 돌보는 일은 대개 누나 하니의 몫이었다. 남매

의 어머니 박미정은 청소부이자 영화광으로, 남매에게 다양한 교육적 경험을 시키려 용인시 부근의 모든 무료 문화전시를 꿰고 다녔다. 어린 남매는 매주 문화센터나 경기도어린이박물관을 돌며 칫솔꽂이나 에코백, 병뚜껑 키링 따위를 만들었다.

"만드는 과정에 만족하고 버리고 가는 애들도 있었죠. 우린 그런 것까지 다 챙겨 갔어요. 집에 갖고 놀 게 없었거든요."

마침내 더 자란 남매는 어머니 없이도 자기들끼리 뚱뚱한 바나나우유 하나를 나눠 마시며 경기도어린이박물관 바로 뒤 아트센터로 향했다. 둘에게 그 여정은 어느새 쉬운 일이 되었다. 높은 천장과 흡음재가 깔린 바닥, 사철 일정한 조도와 온도가 얼마나 유용한지 알 만큼 남매는 조숙해졌다. 미술관은 화장실에서마저 악취가 아닌 핸드워시의 은은한 허브 향이 풍겼다.

그리고 아트센터의 주인은 저들끼리 흐르고 춤추면서도 촘촘하게 연결된 백남준의 기계 전시물들이었다. 부유하고 야심 넘쳤던 저명한 예술가가 당시 약속했던 미래에 대한 눈부신 전망은 도래한 그 미래를 사는 아이들에게도 여전히 신선하게 느껴졌다. 백남준의 꿈이었던 주요 부속품이 친근하면서도 낯설었기 때문이다. 둥근 형태의 볼록한 브라운관은 2010년대부터 더는 생산되지 않아 배터리 충전조차 어려움을 겪었다. 전 세계에 생방송으로 동시 송출되었던 브라운관 속 이미지들은 퇴색 없이 반짝거렸다. 부채춤과 율동과 타이츠를 입은 댄서, 거리의 히피와 교차되는 버섯구름, 산호초와 물고기, TV가 부착된 조각 브래지어를 찬 첼로 연주자 샬롯 무어만이 선명한 실선과 면으로 반짝이는 풍광을 뒤로하고 컴컴한 집으로 돌아갈 때면 한일은 그것들을 탈취할 방법을 고민하곤 했다. 그러니까 물건이 아니라 공간을 훔칠 방법은 없을까.

"그게 소설의 핵심 아이디어네요. 미술관을 점거하기."

"뭐, 문장으로 옮기는 건 누나가 다 했죠. 저는 사실 지금도 글쓰기는 영 그래요. 그래서 합작소설이라고 공표하는 게 맞나 아직도 모르겠어요."

"하니 씨는 동생 없이는 절대 쓸 수 없었던 소설이라고 했어요."

"누나는 늘 그랬어요. 절 끌어들이고는 매번 혼자 헤엄쳐 나갔죠."

한일은 고개를 숙이고 전시실을 서성거리더니, 턱을 괴고 하니의 얼굴이 확대 인쇄된 가벽 앞에 쭈그려 앉았다. 상념에 잠긴 둘의 옆얼굴이 나란한 각도로 겹쳐졌다. 죽은 누나의 얼굴을 보는구나 싶어 뒷걸음질로 물러나는데 그가 입술만 움직여 나를 불렀다. 지금, 사진 찍으면 그림이 좋을걸요.

작가의 특성이 다층적 에고로 드러난다면, 글쓰기를 즐기지 않는다고 했지만 한일은 엄연히 작가다. 소설과 퍼포먼스와 장르 간의 경계가 있을까? 남매는 그 경계를 허물고 표류한 한 쌍 같다. 첫 소설『문 안에서』의 이례적인 유명세 또한 출간 기념 전시에서 벌어진 소동에 힘입지 않았던가. 소설과 같은 제목으로 열린 소규모 전시에서 남매는 미술관에서 배달 음식을 먹고 마셨다는 이유로 쫓겨났다. 그리고 자기들이 연 전시에서 쫓겨난 남매는 다시 담을 넘어 미술관으로 잠입을 시도했다. 그 과정과 소동은 여러 SNS 숏폼에 미술관 로비에서 피자 두 판 먹기나 자기 전시에서 경찰에 주먹을 날린 예술가 같은 제목의 영상으로 남아 있다.

"솔직히 피자 시켜 먹기가 별나다고는 생각 안 했어요. 독창적이지도 않고요. 예를 들어 수십 년 전에 이미 백남준이 관객 넥타이를 자르고 물을 붓고 다 했고요. 다만 우리가 염두에 둔 대상은 관객들보다도 미술관의 어떤 규격이었어요."

"제도를 넘어서는 순간 예술적 실험은 생활 속 문제가 되지요. 영화관에서 몸을 크게 움직이면 안 되고, 미술관에서 음식을 먹으면 안 되는 것처럼요."

"맞아요. 그 규제를 넘어서는 게 우리에게는 거창한 문제가 아니라 생활의 감각이었어요."

한일의 말을 들을수록 『문 안에서』의 화자가 상세히 묘사하는 어릴 적 미술관에 방문했던 감상이 둘 중 누구의 것인지 더 단언하기 어려워졌다. 소설의 문장을 주로 썼다는 하니의 몫일까? 남매의 행보를 일찍이 주목한 독립연구자 나타샤 정은 평소 영화에 꾸준한 관심을 보이며, 훗날 소설에 영상합성 기법을 도입한 한일이야말로 백남준의 영상 작품들에 애정 어린 관심을 가졌을 거라고 주장한다.

『문 안에서』 속 예술가 '동생'의 작품들은 모두 생활에 녹아든 일상품을 흉내 내면서도 미래지향적이다. 당대 디지털 기기를 적극 활용한 백남준의 작품처럼 말이다. (…) 소설이자 퍼포먼스로 기획된 『문 안에서』의 양면적 구성은 글을 쓰던 누나와 기계공학을 전공한 동생이 각각 이 거장에게서 받은 영향의 발로일 수 있다.[6]

"어린 시절 미술관에서 자려다가 쫓겨났다는 날 이야기도 해줄 수 있나요?"

"음, 아버지가 집에 와야 했던 날로 기억하는데. 아, 정말 가기 싫더라고요. '여기를 그냥 우리 집이라고 해.' 제가 그런 말을 했죠. 누나는 선선히 동의했을 겁니다. 우리는 계단참 아래 그늘에 숨을까, 과거에서 온 미래 전사들 같은 그 멋진 작품들 틈에서 마네킹처럼 굳어 있을까 모의하다가 결국 센터 정중앙을 차지한 〈TV 정원〉의 우거진 풀숲 틈에 숨기로 했어요."

6 *『일그러진 거울상 — 박하니와 박한일 남매의 초기작 연구』, 나타샤 정, 박희수 옮김, 국립아시아문화전당 출판부, 2042, 11쪽.*

"정말로 소설 같은 일이네요."

"하하, 아니요. 마감 5분 전에 들켜서 경비에게 쫓겨났어요. 수풀 틈에 꽃송이처럼 설치된 TV 화면에 정신이 팔려서, 바로 우리 머리 위에 CCTV가 달려 있는 줄은 미처 몰랐던 거죠."

열 살 무렵의 한일은 쫓겨난 뒤 다시는 아트센터에 들어갈 수 없을까 봐 눈물을 뚝뚝 흘렸다. 하니는 울지 않았다. 동생에게 이것저것 떠넘긴 만큼 그 몫이 자기의 책임이라는 사실을 하니는 잘 알았다. 맞잡은 손을 꽉 붙들고 어둠이 깔린 내리막길을 걸어가며 하니는 또박또박 동생을 달랬다.

"걱정하지 마. 우리는 그 사람들 말처럼 거지가 아냐. 그리고 거지면 어때? 미술관은 결국 누구한테나 열린 장소란 말이야."

"그치만 우리에게는 열어주지 않으면 어떡해?"

*

미술관에서 먹고 마시고 자려는 일련의 시도를 통해 우리는 어쩌면 자기만의 미술관을 만들어낼 수 있다. 혹은 자기만의 영화관을, 도서관을. 자기의 감각에 따라 전시된 예술과 현실을 만나게 할 어떤 접점을.

이곳은 어머니가 주마다 한 번씩 그들을 데려온 바로 그 최초의 미술관이었다. 견학 중 일찌감치 흥미를 잃고 환기팬이 돌아가는 높은 천장이나 반바지 아래 맨 살갗에 들러붙는 바닥의 서늘함에나 정신이 뺏긴 그녀와 달리, 동생은 그들 앞에서 내젓는 큐레이터의 손짓과 그 너머 깜박이는 TV 모니터들을 집중해 바라봤다. 그때껏 동생은 그 무엇에도 반응하지 않았으나, 색색의 옷을 입은 인간들이 춤추고 웃고 소리치는 영상을 배경으로 물고기들이 헤엄치는 어항에는 분명히 눈을 맞췄다. 그녀가 화장실조차도 쾌적한 이 미술관 안에서 숨어 살기를 꿈꾸는 동안 동생은 작품들 틈으로 스며드는 법을 익힌 셈이었다.

(…) 동생은 얼굴을 한 대 맞을 때 목 안에서 터지는 신음

소리처럼 즉각적이고도 대단히 자족적으로 자기만의 작품을 풀어냈다 혹은 더 복잡하게 묶어놓았다. 씻어서 엎어둔 우유갑과 섬세하게 자른 빨대, 그녀가 준비물로 사 와 무신경하게 바닥에 흩어둔 색종이들로 말이다. 그녀는 동생이 완성한 최초의 작품을 보고 말문이 막혔다. 어머니는 그녀에게 어떤 경우에든 동생에게 화를 내지 말라고 부탁했다. 그녀는 준비물을 함부로 쓴 동생에게 스스로 화가 났다고 믿으며 마음을 억눌렀다. 불쑥 더듬거리던 입술이 열렸다.

"이거 내가 학교에 가져가도 돼?"

그러자 찰흙에 박힌 구슬 같은 두 눈이 그녀가 기억하는 한 처음으로 누나를 응시하더니, 동생은 이내 고개를 끄덕였다.

『문 안에서』를 처음 읽으며, 나는 소설 속 남매를 어쩔 수 없이 작가들과 겹쳐 보았다. 소설은 작가들이 스스로를 투영한 거울 같았다. 작가에 대해 더 알고 나서 재독할 때는 두 남매 간의 간극에 주목했다. 소설 속 남매 사이에는 미묘한 거리감이 있다. 일찍 죽은 동생의 회고전이 열린 미술관에 초대받은 주인공의 독백에서는 다정한 그리움뿐 아니라 재능에 대한 질투심도 묻어난다.

예술가로서의 질투심일까? 아니면 남매 간의 경쟁심리? 조개껍질처럼 둥글게 말린 나선구조의 소설 속 미술관은 전시물뿐 아니라 공간 자체로 자폐아인 동생의 천재성과 창작열에 불을 댕겼다. 그러나 그 불길이 함께 자란 주인공은 핥고 지나가지 않았다. 같은 빛에 노출되었는데 한 명만 프리즘의 스펙트럼을 인지한 것이다.

동생의 회고전을 보러 온 화자는 갑작스레 홀로 미술관에 갇힌다. 큰 사고라는데, 외부에서 터졌는지 미술관 내부의 문제인지조차 알 수 없다. 화자는 기이하리만치 빠르게 그 상황에 적응한다. 한일은 어깨를 으쓱했다.

"그냥 당연하게 받아들였던 것 같네요. 만약에 그런 일이 생겼으면 솔직히 좋아했을 테니까, 우리 둘 다."

"당신은 동생이 자신에게 어떤 의미를 지닌 작가였는지 규명하는 보고서를 제출해야 합니다."

그녀는 처음으로 아연해졌다. 이들이 동생에 대해 대체 뭘 안단 말인가?

"대체 언제까지요?"

문지기는 말을 꺼내기 전 귀찮다는 듯 손을 내저었다. 그

하찮은 손짓에서 그 또한 하수인에 불과하다는 사실이 명백해졌다.

"검토 후 보고서가 적합하다고 판별되기 전까지는 확답드릴 수 없습니다."

"그럼 여기 있으라고요?"

"그래야죠. 다행히 그 안은 더 필요한 게 없는 세계랍니다."

그리고 철문이 굳게 닫혔다. 군홧발 소리가 나선형 복도를 울리며 멀어져갔다. 그녀는 잠긴 문에 헛되이 매달리는 대신 주저앉아 (…) 안내문대로 분홍색 버튼을 오른쪽으로 돌리자 종이 그릇에 담긴 빵 비슷한 것 위로 수프 비슷한 되직하고 향 없는 액체가 흘러나왔다. 그녀가 이번에는 녹색 버튼을 왼쪽으로 돌리자 프린터 비슷한 기계에서 둥글게 말린 얇은 영수증이 나왔다. 펼쳐 보니, 그녀가 아까 천장이 쩡하니 울리도록 외친 말("이런 빌어먹을!")이 인쇄되어 있었다. 필요한 것은 전부 다 미술관 안에 있으리라는 문지기들의 장담은 미치지 않을 정도로는 사실인 셈이었다.

다시 한번, 쌓아둔 책들 중 한 권을 떠올려보자. 박하니가 많은 영감을 받았다고 밝힌 존 쿳시의 소설 『엘리자베스 코스텔로』는 작가가 창조한 작가의 창작과정 탐색기로, 노련한 작가의 거울이 무엇을 능히 비추는지 보여준다. 소설이라는 거울은 창작 윤리며 동물권 같은 주제에 천착하는 작가의 얼굴을 비추는 듯하지만, 의도적인 프로필의 차이가 독자의 사고를 흐트러뜨린다. 쿳시는 남아프리카공화국 출신 남성, 엘리자베스는 호주 출신 여성인 식으로 말이다. 틈은 의도적으로 벌어져 있다. 정교한 프로필을 갖고 동물권과 홀로코스트 문제로 괴로워하는 위대한 작가 엘리자베스는 엄연히 존재하는 허구다. 전시 사진을 찍을 때 표면 그대로 간직하고 싶은 작품 위에 관객의 그림자를 자꾸만 어른거리게 만드는 유리와 스테인리스 구조물처럼 말이다.

"맞아요. 미술관 또한 그런 거울 아닌 거울이 정말 많은 장소지요."

인터뷰 영상 속 코에 검댕을 묻힌 박하니가 씩씩하게 고개를 끄덕였다. 회고전 기간 동안 센터의 구석진 곳에서 나오는 옛 영상을 한일과 나는 가만히 서서 바라봤다. 여기 아트센터의 외벽은 애초에 거울이 아닌 유리 파편이기에 관객의 이미지를 불분명하게 이지러뜨리거나 증폭시킨다. 그리고 이 불완전한 거울 아닌 거울은 흔히 잠긴 문에 달려 있다. 미술관 외벽. 난해한 작품이 걸린 구조물. 셀카에 나온 우리 자신의 뒷모습. 혹은 거울 그 자체가 곧 어디로도 이어지지 않는 막다른 문이 된다. 작가의 의도는 무엇인가?

인터뷰 기자는 젊은 작가의 발칙한 도발이 아니냐고 묻는 실수를 저지른다. 480p 저화질의 영상 속 하니는 이마를 확 찡그리며 반감을 드러낸다. 한일이 고개를 저었다.

"누나는 항상 표정 관리가 안 됐어요."

여전히 허리를 곧게 폈지만, 그 포즈로도 숨길 수 없는 얼떨떨한 피곤이 그대로 드러난다. 30대 초반, 확실히 인터뷰가 낯선 젊은 작가다. 하니는 문득 카메라를 바로 보더니 눈이 동그래져 자기 코를 문질러 닦는다. 물론 얼룩은 지워지지 않고 더 넓게 번진다. 스스로도 느꼈는지 대답하기 전에 하니는 혼자서 피식 웃는다. 어쩌면 렌즈에 비친 자기 얼굴을 봤는지도 모른다.

"어쨌든 제가 좋아하는 미술관이라는 공간 안에서 관객이나 독자를 제대로 호명해 포섭하려고 고민하고 있어요. VR 고글을 끼고 한 체험이나 작품을 배경 삼아 인생샷을 남기는 전시 말고요. 전시 말고도 장소의 힘을 생각하게 만들고, 또 가능하다면 사람들이 이 장소를 자기 것으로 빼앗았으면 좋겠어요. 뺏어서 뭐 하냐고요? 마음대로 하겠죠. 자기들이 원하는 건 뭐든지요. 어, 이런 게 발칙한 대답인가요?"

『엘리자베스 코스텔로』의 마지막 장 '문 앞에서'의 엘리자베스 코스텔로는 자기 자신의 작가적 소명에 관한 보고서를 몇 번이고 다시 써야 하는 운명에 처한다. 반면 본격적 작가라고 할 수 없는 『문 안에서』의 화자는 동생의 작품 세계를 제대로 해석하기도 전에 불능감에 사로잡힌다. 소설에는 동생의 완성된 작품뿐 아니라 창작과정 또한 묘사된다. 우유갑, 색종이, 빨대, 오려낸 낡은 교과서, 공장에서 주워 온 아크릴 파편과 천 조각, 무른 라텍스. 가장 하찮은 것들. 주워져 새 생명을 얻은 것들. 그리고 다시 전시되어 그 상태로 박제된 것들.

다른 관객 없이 동생의 작품들로만 꽉 찬 미술관에서 화자는 관객이라기보다 작품 틈에 끼어든 이질적인 몸이 된다. 기호화된 신체다. 살아서 땀 흘리고 씻지 않으면 냄새를 풍기며, 먹고 마시지 않고는 살 수 없는 몸. 동생의 작품에 둘러싸여 그것을 사용하고 죽은 동생의 닫힌 마음을 사고하도록 내몰리자 무너지지 않을 수 없는 몸. 그럼에도 미술관이라는 껍질 밖으로 손을 뻗는 대신 내면에서 기억을 짜내 다시 창작하는 작가의 천형.

큐레이터가 〈TV 물고기〉 앞에서 우리에게 물었다.

"여러분은 흔히 백남준을 괴짜라 부릅니다. 하지만 열정적인 괴짜란 때로 정말 많은 사람들의 삶을 바꾸기도 하는데요. 어때요, 이건 오늘날 무엇에 쓸 수 있을까요? 창의력을 발휘해보세요!"

나는 예술품의 쓸모를 창의적으로 재발명해야 한다는 생각을 한 번도 해본 적 없었다. 모든 것이 내게는 아주 평범한 쓸모가 있었다. 나를 재워주고, 존재를 드러내고, 감상자로서 내가 적절한 세상에서 나만의 빈자리를 찾아냈다고 생각하게 해주면서 말이다. 나는 손을 들고 맨 뒤에서 벌떡 일어나 외쳤다.

"전부 제 집으로 가져갈 거예요! 만지고, 자고, 동생과 같이 살 거예요!"

손님을 초대해 집 안에 잔뜩 풀어놓는 파티를 주최할 때나 겨우 이 집이 내 거구나, 실감하는 주인처럼 말이다.

나는 전시가 끝나 텅 빈 센터를 내내 떠돌다가 한밤중 더위가 가시지 않은 도로를 따라 침입자처럼 자기 집으로 슬그머니 들어서는 하니를 상상해본다. 문 안에서 쫓겨날까 망설이는 돌아온 탕아처럼 혹은 그런 탕아를 연기하며 어둠 속에서 자기를 향한 렌즈를 또렷이 의식하는 배우처럼.

*

그렇게 미술관을 자신의 것으로 만든다면, 거꾸로 자기 집을 전시공간처럼 만들 수도 있다. 박하니가 그렇게 했듯이. 또는 젊은 백남준이 그렇게 했듯이.

아름다운 작품들을 구입해 집을 장식하는 고상한 이야기가 아니다. 비디오아트의 거장으로 호명되기 이전에 백남준은 젊은 동양인으로서 홀로서기의 고충에 대단히 오래 시달렸다. 다큐멘터리《달은 가장 오래된 TV》에서는 뮌헨에서 뉴욕으로 건너갈 당시 본인의 자평대로 "가난한 나라의 가난한 남자"인 그가 비자를 얻지 못할까 걱정하던 시절이 나온다. 영화인 요나스 메카스의 보증으로 겨우 관광비자를 발급받은 그는 와중에 기계 열 대와 로봇 두 대를 끌고 대서양을 건넌다. 훗날 비가 줄줄 새던 집에서 아내의 조언으로 자료와 재료들을 미리 감싸둔

그는 "이러지 않았다면 자살했을 거"라고 웃는다. 정치적 문제로 귀국을 오래 망설였던 백남준은 대신 본인의 생가가 위치한 서울 창신동에 기념관을, 그리고 경기 용인에는 아트센터를 지었다. 백남준아트센터의 초기 명칭은 '백남준의 집'이었다고 한다.

나는 고난이 예술가에게 필수라 단언하고 싶지는 않다. 원동력이 되는 건 사실이다. 광주 아시아문화전당에서 2031년에 전시한 작품들을 원전사고로 인한 낙진 염려 탓에 되찾을 수 없다는 사실이 명백해졌을 때, 박하니는 새로운 전시를 구상했다. 좌절을 딛고 일어나 한일에게 열심히 설명했다던 그 전시. 백남준아트센터 아카이브에 스캔된 팸플릿 덕에 나는 박하니가 당시 열었을 전시 양상을 재구성해 떠올려볼 수 있었다.

아르헨티나 작가 코르타사르의 단편 「점거당한 집」은 오래도록 사이좋게 같이 살던 남매의 집을 침입자가 점거하며 시작된다. 이 불가항력적 힘 앞에서 남매는 너무도 순순히 물러나는데, 박하니 작가는 정작 이 힘에 권위를 부여한 것은 남매의 순응 아니었을까 의문을 품는다. 난데없는 침입에 즉

각적 포기로 응수하는 이 태도는, 물려받은 집에서 단둘이 살아온 지난 일상의 속내마저 의심하게 한다. 도랑에 현관 열쇠를 내던지고 비틀대며 나란히 길을 떠나는 남매는 차라리 후련해 보인다.

(…) 광주 국립아시아문화전당에서 처음 선보였던 전시의 일부인 어린 시절에 쓴 일기장 낭독 퍼포먼스가 곁들여진 〈점거당한 집〉은 이제 백남준아트센터의 공간에 맞춰 보다 내밀하고 닫힌 공간으로 관람객을 유도한다. 네 대의 카메라는 전시 기간 내내 작가 자신의 텅 빈 집을 녹화하며, 때로 최소한의 생활상을 위해 집에 들어갈 작가를 비추기도 한다. 이 허물 같은 집에서 빠져나온 작가는 그러나 대개 전시장 안을 비정기적으로 배회하며 관객 틈에 섞여들 것이다. 자리를 비운 주인의 뜻에 따라 흩어놓은 생활 속 잡동사니를 정돈된 공간인 미술관에서 들여다보는 이 역전의 행위는 관객에게 묘한 긴장감을 부여한다.

— 〈점거당한 집〉, 작품 소개, 백남준아트센터, 2033

1. 전시공간의 세 번째 패드(침실 방향 카메라) 아래 붙은 종이 쿠폰을 가져가주세요. 1인당 2-3매가 원칙이지만, 정말

원하신다면 마음껏 뜯어 가도 좋습니다.

2. 저는 전시 기간 내내 백남준아트센터 안 어딘가에 머물고 있습니다. 그러니 전시의 마지막 주간쯤 되면 당신이 그리 말을 걸고 싶지 않은 몰골일지도 모릅니다. 때로는 다른 사람 아니면 사람이 아닌 뭔가로 변장하고 있을지도 모릅니다.

그럼에도 저를 찾아내면 쿠폰을 건네며 제게 물어봐주세요. 당신이 그 사람입니까? 저를 알아보거나 알아보지 못하더라도, 곁에 선 관람객들의 얼굴을 한 명 한 명 관심 있게 살펴주시기를 부탁드립니다. 그들 개개인이 당신의 시야에서 녹아 사라지거나 혹은 당신이 그들 가운데 한 명으로 녹아 사라질 때까지.

3. 저를 알아보고 쿠폰을 건네준 분께는 특별히 준비한 선물을 드립니다.

하니는 어떤 선물을 준비했을까? 안타깝게도 스캔된 전시 팸플릿만으로는 알 수 없었다. 관련 기록 혹은 후기도 남아 있지 않았다(씻지 못해 냄새를 풍기는 예술가를 굳이 찾아다니려는 열의를 가진 관람객은 없었던 걸로 추정된다). 안타깝게도 한일 또한 딱히 들은 바가 없다고 했다.

"책은 식상하다는 이야기만 언뜻 했던 것 같아요. 뭐였을까요?"

"그런데 아시죠. 사실 진짜 선물을 알게 되는 것보다도 상상하는 과정이 때로 더 재미있는 거. 재밌어서 위험하기도 한 거 같아요."

"그죠. 위험해서 재미있기도 한 거죠."

물론 상상의 위험과 즐거움도 닫힌 문을 열어주지는 않는다(잠시 열린 척할 수 있을 뿐). 카프카의 전통을 이어받은 여러 소설 속 문지기들은 도무지 문에서 비켜주는 법이 없다. 문이 애초에 열려 있었던 건지조차 불확실해진다. 남매가 쓴 『문 안에서』의 문지기들도 화자가 어떤 소명의 글을 쓰든 받아주지 않는다. 애써 건네준 글은 전달되는지, 아니 전달받을 최종적인 대상이 있기는 한 건지 그조차 알 수 없다.

소설은 조개껍질 가장 안쪽, 고착에 부딪힌다. 미술관 안을 맴돌던 주인공의 무력한 탐색은 창밖에서 배회하며 자신을 뚫어져라 바라보는 눈을 문득 의식하면서부터 차츰 변화한다. 수수께끼 같은 검은 옷을 입은 남성이 미술관 밖을 맴돌기 시작한 것이다. 가공된 유리 외벽은 외부 시선을 차단할 터인데도, 빙빙 맴돌며 쫓아오는 시선은 위장카메라처럼 은밀하고 끈질기다.

그를 보고 있는 것은 화자 또한 마찬가지다. 문지기들 중 누구도 남자를 주목하지 않는다. 아니, 남자의 존재 자체를 모르는 것 같다. 남자는 화자의 시선 덕에 비로소 그곳에 머무르는 듯하다. 화자는 이내 자신이 보지 않는다면 저 남자가 사라질 거라는 긴박감에 사로잡힌다. 일시적이고도 기묘한 관계다. 유리와 스테인리스로 이뤄진 미술관 벽을 가만히 쳐다보면 자신의 그림자뿐 아니라 스쳐 지나가는 타인 또한 구분하게 되는 걸까?

*

"이리 좀 와봐. 안아보게!"

"윽, 비켜. 아직도 냄새가 나는 거 같아."

"거기서도 씻는다고 씻었는데, 머리를 핸드드라이어로 말려서 그럴걸. 미술관에서 살겠다는 환상이 다 깨져서 다행이야. 이렇게 어른이 되는 거겠지."

"경찰에 실종 신고당할 뻔한 어른이지."

씻고 나온 뒤 하니와 한일은 창을 열어놓고 거실 바닥에 주저앉아 맥주를 마셨다. 침묵 속에서 틀어둔 음악이 천천히 사그라들었다. 열기 섞인 바람에 저 너머 바깥의 나뭇잎과 풀잎, 쓰레기들이 뒤섞여 사아아 문질러지는 소리가 어둠 속으로 선명하게 퍼졌다. 몽롱한 기분. 이런 때 남매 사이를 파고드는 종잡을 수 없는 대화의 흐름은 예컨대 원전사고 직후 무등산 일대를 감싼 빛의 장벽이 단체 환각이라면 환각제는 수돗물과 안개 입자 중 어디에 포함됐나("근데 그거는 진짜 개소리지"), 타란티노 영화에서 피와 정액으로 가득 찬 풍선 더미로 취급받지 않는 인물이 있느냐("그러니까 결국 다 개같은 영화들이라고"), 브론테 자매 중 인생에 가장 심원한 불만을 품은 쪽은 누구였을까("형제자매 중 가장 먼저 죽는 것과 맨 나중에 죽는 것 가운데 뭐가 더 개힘들까?") 같은 뜬구름 잡는 주제로 흘러갔다. 그 편이 즐거웠다. 대화가 현실의 문제에 발목을 잡히는 순간 편안하던 흐름이 거칠게 역류할 게 뻔했다.

한일은 물기 맺힌 잔을 만지작거리며 어두운 창밖을 내다봤다. 눈앞의 전망이 캄캄할수록 목소리는 태연하고 다정해야 마땅한 듯했다. 그런데도 한일은 불안해졌다.

어둠 속에서 뭔가 자신들을 지켜본다는 하나의 강박과는 좀 다른, 부피를 지닌 어둠 자체가 일으키는 초조였다. 어둠 밖에는 예의 그 현실의 문제가 똬리를 틀고 있어서 날이 밝으면 햇살과 함께 집 안으로 밀려들어 오리라. 그러면 이번에야말로 중요한 이야기를 나눠야겠다는 결심이 서지만, 그것 역시 또다시 밀려오는 어둠에 결국 문밖으로 나갈 터였다.

물론 가끔은 어둠 속에서 뭔가 걸려들었다. 망을 보며 나누던 그곳에서나 가능한 예술 이야기, 결국 영화 이야기가 이어지던 밤. 압바스 키아로스타미의 《체리 향기》에서 죽은 자신을 묻어줄 누군가를 찾아 내내 차를 몰고 다니는 주인공의 심리에 관해 중얼거리던 영상과 출신의 군대 동기가 무심결에 "나도 씨발 구덩이를 파놓았다고" 털어놓은 밤처럼. 어둠이 고인 피처럼 끈적끈적했다. 나가면 꼭 여기서의 좆같은 경험을 죄다 살려서 영화를 찍을 거라고. 그 뒤로 이어진 정적은 풀벌레와 밤새의 찌릇랏랏 후우우 하는 울음소리로 뒤덮였고, 아카시아 꽃향기와 축축하고 부드러운 바람이 밀려들었다.

한일은 침을 꿀꺽 삼키고 몇 초 동안 말을 골랐다.

"그리고 이제 날이 밝으면 그걸 메우러 가면 되겠네. 안 그래?"

누나였다면 더 그럴듯한 말을 꺼냈을 것 같아서, 막상 입 밖에 내고 나니 스스로가 아주 무력하게 느껴졌다. 어깨에 힘이 쭉 빠져 거의 편안하기까지 한 균형감각에 도달할 만큼.

"맞아."

그 대답을 기다리는 동안 한일은 수류탄의 찢어지는 섬광, 소총을 쏠 때의 손마디가 얼얼해지는 반동, 일이 배배 꼬이다가도 멋지게 매듭지어지는 영화만의 방식으로 진행되는 몇 편의 이야기들을 떠올렸다. 엄마도 한일도 일이 잘 풀리는 경우가 많아서 영화를 좋아하게 됐다는 사실을 하니는 이해하지 못했다. 하니에게 없는 균형감각이 한일에게는 있었다. 그 균형감각이 "죽고 싶어 하지 말아줘, 누나!" 같은 말은 유리창에 맺힌 빗방울처럼 미끄러져 흘러 내려갈 거라고 알려줬다. 한일은 빈 잔과 접시를 쟁반에 모아 담았다.

"내가 누나였다면 모처럼 산 집을 더 잘 쓸고 닦을 거야. 귀신 들린 집인 줄 알았다고."

"솔직히 너랑 살던 그 집이 더 깨끗하고 좋긴 했어."

"책들을 모두 넣어둬서 그렇게 보였을 뿐이야. 모두 제 자리에 꽂아놓아야 책에게도 좋을 텐데."

"넓은 집은 내가 구해볼 테니 복학하면 다시 같이 지내자. 어쨌든 내가 누나는 누나잖아."

하니 또한 한일을 흉내 내 밝은 어조로 대꾸했다.

"공짜 청소부로 부려먹겠다는 소리 아냐."

"뭐, 집이 내 건데 거기서 살려면 내 말을 따라야지. 안 그러냐, 동생아?"

"그건 배신이지."

"누구한테 배신인데?"

"내버려진 집에 대한 배신이지."

*

소설 『문 안에서』의 마지막 장은 가장 관대한 독자들조차도 종종 불평하게 만든다. 검은 옷을 입은 남자가 동생이 상상한 가상도시들을 오가는 순환열차 시간표를 문틈 아래로 건네준 뒤 이뤄지는 탈출의 결말부는 확실히 급작스럽다. 다만 이 결말이 정말로 낙관적인지는 생각할 여지가 많다. 특정 구간의 열차가 건물 한가운데를 통과하는 탓에 미술관이 스스로를 접으며 해체되는 장면의 묘사는 내부 붕괴를 암시한다. 작품을 잃은 미술관. 외부와 자기 사이의 경계를 지키며 존재했던 세계는 해체된 후 무엇을 남길 수 있을까?

더는 그리 새롭지 않은 질문이고, 많은 예술가들이 각자의 방식으로 풍부한 답을 내놓았다. 아쉽게도 『문 안에서』의 결말은 그 지점에서 다소 모호하게 열려 있다. 동생이 빨대와 색종이를 오리고 낚싯줄로 묶어 꾸몄던 상상 속 도시를 도는 열차에 올라탄 주인공이 울음을 터뜨릴 때 그녀가 언제 눈물을 그치는지, 열차가 정말 그녀가 원래 살고 있던 현실로 돌아갈는지 우리는 알 수 없다. 책을 덮은 뒤에도 열차는 긴 메아리를 끌며 지면 바깥으로 달려가고, 그 길은 더 이상 자기 내면을 향해 나선형으로 말려 있지는 않지만 끝도 없이 이어질 것만 같다. 눈물은 선로 위에 점점이 튀어 무엇이 될지 모를 씨앗들로 우리 손바닥 안에 흩어져 있다.

이 씨앗을 어디에 심어두면 좋을까? 물어보면 우리가

말을 건 상대는 모퉁이를 돌아 사라진 뒤다. 불확실한 형체들이 유리 칸막이를 스쳐 지나간다. 길 잃은 우리 목소리는 온갖 반향을 세심하게 고려해 설계된 전시관 안에서 웅웅 떨리며 우리 자신에게로 되돌아온다. 그 반향의 한가운데 서서 나는 또 다른 소설의 마지막 대목을 떠올렸다. 우리는 각자의 운명에 따라서 편지를 씁니다. 우리를 구해주세요.[7]

『문 안에서』는 화이트큐브의 종언에 대해 통쾌한 혁신이라 옹호하지도, 전통적 가치를 복원하려 애쓰지도 않는다. 소설은 스스로 부스러진 미술관의 소멸에 울음부터 터뜨린다. 집 잃은 어린아이처럼 당혹스럽고 어리둥절한 슬픔에 젖어.

*

센터는 늘 여름이 어울린다. 나뭇잎들을 반사해 두 배로 풍성하게 만드는 유리 벽면 덕에 더 그렇다. 남매는 소설 초입에

7 『엘리자베스 코스텔로』, J. M. 쿳시, 김성호 옮김, 창비, 2022, 301쪽.

서 자신들이 어린 시절을 보낸 아트센터를 이렇게 상찬했다. 과연 풍성하지는 않아도 새순이 재빠르게 무성해지는 초여름이었다. 한일과 대화하는 사이 해가 기울어 나뭇잎들이 불타는 듯 환하게 물들었다. 내가 인사하자 한일은 정류장까지 배웅할 테니 함께 좀 걷자고 했다. 〈점거당한 집-2044〉 전시 내내 전시공간을 벗어나기 힘든 처지다 보니 갑갑했다고.

"관객들이 이야기는 좀 걸던가요?"

"평일이니까 많지는 않죠. 작가님이 오늘 네 번째 대화 상대인걸요. 그래도 물어보면 가능한 한 성의 있게 이야기를 나누죠."

"아이들이 많이 오더라고요."

"원래 근처에서 견학을 자주 와요. 바로 옆에도 학교가 있고요."

저를 찾아내면 제게 물어봐주세요. 당신이 그 사람입니까? 저를 알아봐주신 분께는 특별히 준비한 선물을 드립니다……. 전시장 내부에는 한일의 손을 거친 하니의 여러 자료들이 꼼꼼하게 아카이빙되어 있었다. 오래전 하니가 준비했던 내레이션이 여전히 흘러나오고 있었다. 한일이 모든 대사를 후시녹음하고 VCR로 제작된 하니가 모니터 안에서 배회하는 모습이 추가됐을 뿐이었다. 우리는 한일의 안내를 따라 책 무더기의 화이트큐브 속을 오가는 모니터 안 하니를 쳐다봤다. **우리는 각자의 운명에 따라서 편지를 씁니다…….** 갸웃하며 렌즈를 쳐다보는 하니의 얼굴 위로 한일의 목소리가 겹쳐졌다.

"애초에 이 전시를 꾸준히 기획했던 사람도 누나, 『문 안에서』에 애착을 가진 사람도 누나인걸요. 모니터 안 우주도 어떤 의미에서는 누나가 꿈꾸던 공간이죠."

"집이로군요. 더구나 한일 씨도 이 앞에 쭉 앉아 계시고요."

"아유, 빌린 집이죠."

"집처럼 머물고 쉬었다 가는 곳이면 어디든 집인 거죠. 주인이 떠난 다음에도 오래 남아 있는 집들도 많잖아요."

그 말을 듣고 한일은 눈가에 주름이 잡히도록 소리 없이 빙그레 웃었다.

"관객 선물까지 챙겨두던 누나가 들으면 기뻐할 평이겠네요."

"이번 전시의 특별 선물은 한일 씨가 준비하셨나요?"

"그럼요. 특히 어린이 관객들은 장담이 지켜지는 걸 좋아하거든요. 그건 제가 잘 알죠."

"어떤 선물인가요?"

한일은 대답 없이 주머니에 손을 넣고 무언가를 만지작거리더니, 센터 구조에 익숙한 사람답게 나를 앞서 이끌었다.

"한 바퀴 돌아보고 가시죠."

우리는 출구와 아름드리나무를 향해 활짝 열린 카페테리아의 문을 지나 뒤편에 난 풀밭으로 나갔다. 풀이 우거진 언덕을 지나면 어린 남매가 놀았던 경기도어린이박물관과 이어졌다. 센터 앞 도로 건너편은 고등학교였다. 오후가 되니 더위가 한풀 꺾여 교복 차림의 아이들이 아이스크림을 입에 물고 풀밭을 뛰어다녔다. 길게 지는 해가 구름 밖으로 드러나자 물처럼 반들거리는 연갈색 유리 외벽에 우리의 일그러진 모습들이 비쳤다. 우리는 마침 비슷한 청바지에 가벼운 재킷 차림이었으므로, 나란히 걸으며 때로 우리의 상이 격자무늬 창에 겹쳐 꼭 한 사람처럼 보이도록 허접한 장난을 칠 수도 있었다.

"지금 생각해보면 누나와 제 협업이 이런 식이었어요."

나보다 좀 더 키가 큰 한일이 뒤편에 서서 창에 뭉개져 비친 형상을 손가락질했다.

"살면서 저는 제 이야기가 어떤 식으로든 옮겨지는 것을 좋아하지 않는단 걸 알게 됐습니다. 누나는 잔여물을 삼키고, 누르고, 더 나은 뭔가로 변환시키는 데 전력을 쏟았지만 저는 그걸 그냥 보존했어요. 일상 속에서. 잔여물은 다만 잔여물로써. 이게 창작자로서 제가 가졌던 비밀입니다. 그리고 이번 전시를 준비하면서 누나가 제 비밀을 알고 있었다는 걸 깨달았습니다."

"하지만 한일 씨가 재해석한 하니 씨의 전시는 그저 보존이 아니라 그 자체로 새로운걸요."

나는 이번에 준비된 회고전 외에도 한일이 독자적으로 참여한 여러 개성적인 영상 작업을 떠올리며 말했다. 그러나 한일은 고개를 저었다.

"예술이란 요술 거울 같아요. 꽤나 다른 우리 남매가 저렇게 하나로 합쳐져 보일 수 있다는 즐거움은 재미있었어요. 하지만 시간이 지나 홀로 남게 되니, 누나가 나를 끼워서 같이 놀아줬을 뿐이네 깨달은 거죠."

"하지만 남매의 상이라면 그 안에 한일 씨의 이야기도 당연히 포함되지 않겠어요?"

"그럴까요?"

"그럼요."

나는 조심스럽게 첨언했다. 그러자 한일은 고개를 가로저으며 피식 웃더니, 도로 곁 물이 얕게 흐르는 도랑으로 주머니에서 꺼낸 뭔가를 휙 던졌다. 그러고는 돌아서 다시 아트센터로 걸어갔다. 기획된 일련의 동작처럼 머뭇거림 없이 매끄러웠다. 뒤처진 나는 나도 모르게 고개를 움직여 그 번쩍하는 궤적을 좇았다. 잠시 광택을 발하고 물 안에 가라앉은 그것은 분명 평범한 돌멩이로 보였다. 그럼에도 그게 어쩌면 코르타사르의 「점거당한 집」에서 쫓겨난 남매가 문을 잠그고 떠나면서 길가로 내던진 열쇠는 아닐까 하는 생각을 떨치기 힘들었다. 한순간 내 눈에 담긴 그 궤적은 분명 번쩍이는 섬광이었기에.

작가란 우리 삶의 거울과 거울 사이를 오가며 끝없이 메아리치는 이미지를 전달하는 형상들이다. 그 끝없는 반사광 틈에서 잠시 고개를 내밀었을 때 그들은 언제나 문 안의 우리에게 손짓한다. 우리를 멈춰 세우려는지 이리 오라고 부르는지 헷갈리게끔. 이 전시는 어느 편에 속하는가? 선물을 내던진 그 한순간의 몸짓에서 한일이 작품 안에 머물고, 스스로를 연출하다, 바깥으로 나가는 법을 익힌 인간임을 목격했다고, 나는 쓴다.

2044년 8월–9월, 경기 용인에서

금일의 경주

경주 편

천년의 도시와 무덤을 찾는 사람들

흔히들 추측하는 것과 달리, 작가 금일의 첫 성공작 집필은 경주에 들어가고도 몇 달은 지나서 시작됐다. 당시 경주는 원전사고의 여파로 살 만한 곳이 못 됐다. 그녀는 일기에 이사한 사정을 짤막하게만 언급한다.

경주가 아직 관광지였던 시절, 사람들은 다들 큰 무덤을 보고 그 앞에서 사진을 찍으러 여기로 왔다. 무덤을 보고 무덤 가운데 지어진 삶을 구경하려고. 무덤가에 살던 사람들은 까딱하다 집이 문화유적지로 지정될까 봐 자기 집 앞마당마저 함부로 파지 못했다.

무덤 앞에서 매일 걷고 커피를 마시는 삶이 창작에 나쁠 리 없다. 그런 장점들에도 불구하고, 내가 경주에서 스스로 다시 나올 때는 무덤에서 빠져나오는 기분이 들 거다.

멋 부리려 애쓴 문장이다. 금일의 일기는 양과 질이 모두 떨어진다. 과묵하기론 네트워크 공간에서도 마찬가지였다. 2010년대 중반부터 트위터를 필두로 다양한 성격의 SNS에 날카롭고 짤막한 이야기를 펼치거나 모으고 저희끼리 지류를 합치는 작가들이 불어났다. 소설을 발표할 매체가 다양화되면서 그런 양상은 2020년대 후반까지 이어졌다. 하지만 젊은 여성 퀴어임에도 금일은 특기할 흐름을 보이지 않았다. 한국 문단의 페미니즘 리부트 이후 소수자의 목소리를 대변하는 작가들의 약진이 두드러졌지만, 금일은 그 흐름에서도 보기 좋게 비껴 나갔다.

신비주의 전략이라 보기는 어렵다. 우습게도 금일은…… 글을 잘 쓰는 작가가 아니었으니까. 금일은 산만하고 장황해서 오히려 빈약해 보이는 글쓰기를 한참 고수했다. 3줄 요약 어디? 같은 댓글이 가장 호의적인 피드

백에 속하는 그런 글들. 경주 근현대사박물관 3층 구석의 열람실에 전시된 낡은 일기를 읽다 보면 금일의 산문집이 지금껏 한 권도 나오지 않은 이유를 깨닫게 된다. 빈약한 동시에 장황한 서술은 모호할 뿐이다. 경주에서 나올 때 무덤에서 빠져나오는 기분이 든다면, 애초에 제 발로 무덤에 들어간 이유는 뭐란 말인가?

일기에서 전해지는 것은 우울이다. 당시 금일은 과묵함을 미덕 삼아 말을 아꼈다기보다 입을 벌려도 말이 나오지 않는 상태였을 것이다. 복잡한 연애사와 약물중독 문제도 겹쳐, 금일은 자신이 줄곧 어루만지던 소설적 주제를 파악하는 데 꽤나 오래 걸린 작가였다. **산문의 원천을 탐구하는 자는 인물 됨됨이가 어느 정도 형성된 후에야 날개를 펼칠 수 있다**[8]는 헨리 제임스가 쓴 발자크에 대한 평을 빌리자면, 금일은 스스로에게 날개도, 팔다리도, 아가미도 없다는 식의 병렬적 소거법으로 정체성을 더듬어 나간 셈이다.

8 『아주 가느다란 명주실로 짜낸』, 헨리 제임스, 정소영 옮김, 온다프레스, 2023, 25쪽.

무엇이 자기와 어울리지 않는지는 그래도 일찍 깨우쳤다. 서울에서의 짧은 연애가 최종적으로 망한 후, 금일은 사랑하는 마음이나 용기에 대한 믿음도 진짜 최종적으로 버리기로 했다. 작가가 믿지 않는 것을 쓸 수는 없는 법이다. 다만 믿지 않는 와중에도 이뤄지는 탐색 그 자체가 소재일 수는 있다. 어두운 바닥을 오래 휘저어야 무덤에서 떠오를 그 팔다리 없는 무엇인가는 지렁이나 실뱀일지도 몰랐다. 심지어 날아오를 드넓은 바다를 기다려온 새끼 용일 수도 있었다(금일이 가장 자만심 넘칠 때나 가능한 사고였다).

경주 = 용의 무덤

그러나 더러운 먼지 바닥에 꼿꼿이 누워 오래도록 마음의 밑바닥을 들여다보던 시간 동안 금일은 그곳에 놓인 것이 산 것도, 죽은 것도 아닌 단지 밧줄 타래일지 모른다고 의심했다. 환경이 부박하고, 또 부박하기만 할 때 모든 하찮은 것에도 의미가 있다는 믿음을 간직하기란 쉽지 않다. 용의 바위란 금일이 살아생전 다시는 가볼 수 없을 곳이었다. 그곳엔 문무대왕릉뿐 아니라 월성원전도 있었으니까. 2034년의 경주는 파괴된 역사 도시가 아닌 역사가 파괴된 폐허였다. 무덤과 무덤 사이 집이 모두 뜯겨 나갔다. 그래도 세상이란 있는 그대로 보이는 것을 한 꺼풀 덮어쓰고 내용물을 숨기기 마련이다. 그런데 그 한 꺼풀 아래 내용물이 있긴 한 건지가 도무지 확실치 않았다. 그게 금일이 믿으려 애쓴 진실이었다. 소설은 언젠가 진실을 낚아챌 올가미 밧줄이었고.

사실 비유의 세상을 떠나 진짜 끈을 손에 쥐면, 금일은 운동화 끈도 제대로 묶지 못했다. 생활력 부족만이 문제는 아니었다. 2030년대 초라면 누구도 낙진 여파에 파묻힌 경주시를 관광지로 여기지 않았다. 그런데도 금일의 일기에는 몇 년 동안 밀린 학자금대출과 망쳐버린 연애, 아버지와의 갈등(사실 베트남에 머물던 아버지가 외동딸이 원전사고 뒤 오륙 년 만에 근처 도시로 이주하는 것을 말리는 것은 몹시 온당하다), 그 외에도 경주행을 택한 자기 파멸적인 결정에 따라붙었을 절망감 대신, 앞서 쓴 이사 이유를 머쓱하게 만드는 커피 탓에 생긴 소화불량이나 운동을 하지 않아 글을 못 쓰는 것 같다는 변명이 적혀 있을 뿐이다.

그나마도 예닐곱 줄 정도다. 금일의 밧줄 타래들이 삭아 뚝뚝 끊어진 탓이었다. 어릴 적 자주 들른 할머니와 아버지의 고향이 쇠락한 풍경은 상상 이상의 불안을 몰고 왔다. 경주역이 폐쇄되어 몇 킬로미터나 트렁크를 끌고 걸어야 했다. 히치하이킹은 포기했다. 눈이 벌건 폭주족들이 창 깨진 트럭을 몰고 지나가며 금일에게 휘파람을 불고 손가락실해서였다. 낙진 탓에 담벼락과 버려진 단층집이 헐려 골목의 경계가 희미해졌고, 얼굴 무늬가 새겨진 수막새와 천마총의 천마도 무늬를 본뜬 보도블록은 깨져 여러 줄기로 웃자란 민들레나 형광으로 번들거리는 버섯 다발에 자리를 내줬다. 관광지에 한철 장사를 위해 몰려든 디저트 가게와 소품숍은 부서지고 으깨져 비로소 주변 풍경과 어울렸다. 무엇보다도 토양오염 검사 명목으로, 이름도 주인도 잊혔으나 역사와 풍경의 한 부분으로 오래 자리해온 시내 봉분들이 헐린 광경이 충격적이었다. 무덤은 누가 오래 깔아뭉갠 소파처럼 푹 파여 나무뿌리를 드러내고 불길한 흙더미를 쏟아냈다.

문단은 문장으로, 단어로 토막 났다. 이 밋밋한 시절의 일기 속 주인공은 단연 돈이다. 금일은 안마당에서 뭐라도 키우려 애썼으나 잘 안 됐다. 그냥 두면 안 될 줄 예감하면서도 방치해버리는 악습이 인간관계에 이어 방울토마토나 바질 모종도 망가뜨렸다. 설령 잘 자랐대도 금일이 정말 그걸 먹을 용기가 있었을지 의심스럽다. 결국 이주 지원 비용으로 받은 돈의 절반은 식비로 들어갔다.

남은 절반은 대부분 책 구매에 쓰였다. 폐역 부근에 서점 '너른벽'이 금일이 요청한 책을 주문해 받아주었다. 서점은 경주시의 몇 없는 작가들이 만나는 장소기도 했다. 그런 만남에도 불구하고 금일은 침잠하기만 했다. 막상 책을 몇 장 펼쳐봐도 바닥에 내팽개치기 일쑤였다. 작업이 잘 되지 않았고, 녹은 아이스크림처럼 파인 봉분에 개들이 똥을 쌌다. 그래도 금일은 실컷 커피를 마시고 무덤을 볼 수 있다며 스스로를 위로했다. 고속도로와 맞붙은 시 외곽은 취하고 토하며 뒹굴고 불태우는 산발적 파티로 북적였다.

그러나 경주시청 부근은 인적이 없었다. 고요를 바란 사람이 바랄 수 있는 것 이상으로 조용했다. 낡은 양옥집은 금일의 아버지 소유로 한때 관광객으로 붐비던 황남동, 이름 없는 무덤들이 즐비한 길가에 있었다. 월성원전 사고 불과 며칠 전까지만 해도 무인 카페로 개조할 생각이었던 집 마당에는 삼색 파라솔이 지지대가 꺾여 쓰러져 있었다. 금일은 곤두박질친 파라솔을 내버려뒀다. 바르작대는 뭔가를 문드러질 때까지 방치하는 건 금일의 출렁이는 마음이 일으키는 특기였다. 얼마 뒤 그 파라솔이 감쪽같이 사라졌지만 금일은 굳이 행방을 추적하지 않았다. 이 집에 누군가 숨어들었으리란 의심은 피해망상의 전조일 테니까.

제 발로 경주에 온 이상 금일은 제정신이어야 했다. 정신 바짝 차리라는 깨달음의 노크는 불시에 찾아왔다. 화장실 천장에서 샌 물방울이 정수리로 떨어지자 수리가 귀찮아진 금일은 너스레를 떨었다. 하지만 내버려둔 누

수는 계속되었고…… 마침내 여유가 사라진 드물게도 솔직한 순간의 끝에, 금일은 한결 절박하게 썼다. 금세 의식적으로 자조하는 코멘트를 덧붙였지만.

글을 쓸 수만 있으면 미룬 문제들이 다 해결될 거다! 하고 글을 쓰고 나니 에밀레종에 어린애를 던져 넣는 것처럼 징그럽고 허황된 소망 같다.

결국 경주 생활은 금일에게 그녀가 날개나 밧줄 더미가 아닌 두 발만 지닌 평범한 인간이라는 사실만 재인식시켰다. 면허가 없던 금일은 관광객을 위해 마련됐던 자전거를 타고 돌아다녔다. 타이어의 바람이 빠지면 다른 자전거를 주워 탔다. 당시에는 하릴없이 시내를 나도는 젊은이라면 눈에 띄기 마련이었다. 당시 금일은 국립경주박물관에 정기적으로 산책을 다녔다. 더 이상 관리될 수 없는 유물들이 안치된 침묵 속 장소는 진정 죽음을 떠

올리게 했을 것이다.

어떤 이들은 이때부터 금일이 죽음이라는 주제에 사적으로도 끌렸으리라 추론한다. 내 생각은 좀 다르다. 죽은 것처럼 보이는 사물들 속에서 오히려 내가 살아 있다는 자각이 더 강렬해질 수도 있는 법이다.

*

2044년, '작가의 방'에 남은 금일의 흔적을 보러 근현대사박물관을 찾았을 때 경주는 한창 봄이었다. 짧지만 강렬한 봄. 나는 부러 걷기로 했다. 빌린 한복을 입고 필터 달린 마스크를 낀 관광객과 운동화를 꺾어 신은 동네 주민이 섞여 걷는 거리. 눈을 감으면 도시를 둥글게 감싼 방벽을 잠시 잊고 즐길 수도 있는 계절.

신축 박물관 3층 창밖에는 꽃핀 벚나무들이 화사했다. 토질오염마저 견딘 아름드리 벚나무들은 1970년대 사적지 정비사업의 유물이다. 나도 몇 년 전 봄날, 경주시 외곽의 병원에서 한참 동안 창밖을 본 기억이 선했다. 다들 꽃핀 풍경을 좋아해 커튼도 칠 수 없었다. 실내는 어둡고 번들거려도 창밖은 환했으니까. 돌아보면 우스꽝스럽지만 창밖을 보는 내내 나는 이를 악물었다. 지나치게 화사한 봄이 눈을 감아도 어른거리니, 그렇다면 내가 뚫어져라 봐주겠다고.

경주시를 대표하는 현대작가라지만 금일의 방은 넓지 않다. 경주 출신의 일제강점기 시절 문인과 풍경화가, K-pop 아이돌과 문화예술전시관을 나눠 써야 해서 그렇다. 백 년도 넘는 세월과 문학, 미술, 음악이 뭉뚱그려져 보여주기식 경주의 문화예술이 되었다. 세로로 길쭉한 금일의 방 대부분을 커다란 책상과 안락의자가 차지했다. 윤나는 나무 책상은 관념적인 작가의 서재처럼 만년필이며 뜯지도 않은 잉크병, 두툼한 금박 양장본 따위로 장식되어 있었다.

내가 보기엔 터무니없었다. 금일이 이런 책상에서 속이 텅 빈 인테리어용 책을 읽는 그림은 도무지 그려지지 않았다. 금일이 사용했던 푸른 패브릭 표지의 낡은 작업노트 몇 권은 꾸며낸 소품들 틈에서 유난히 생경했다. '작가의 방'에서도 상대적으로 그늘진 책상에서 금일의 작업노트를 복사해 읽는 몇 시간 동안 관광객 몇이 기웃대다 결국 발은 들이지 않고 떠나갔다.

압도적인 관광지로 경주가 짊어져야 할 운명 중 하나는 방문하는 사람들마다 자신이 지닌 주관적이고 한정된 관심사로 경주를 판단한다는 것 아닐까. 나는 경주 하면 파에톤이 떠오른다는 남자애와 말해본 적이 있다. 태양신의 아들? 힘을 과신하다 추락해 세상을 불바다로 만들고 죽은 소년? 무슨 의미심장한 소리인가 싶었는데 대화가 영 헛돌았다. 알고 보니 보문단지 부근 경주월드의 대표적 놀이기구 이름이랬다. 그 애는 자칭 놀이기구 마니아였다.

"그게 다라고? 놀이기구?"

"야, 진짜 쩌는 놀이기구였어. 공중에 뜨면 오장육부가 다 뒤집어졌다고."

"놀이기구는 다 그래."

"아냐. 파에톤은 특별해. 그건 경주월드 3대 놀이기구였다고."

말을 하던 당시에 그 애는 열여섯이었다. 경주 일대의 시설은 십 년도 전부터 출입금지 구역으로 지정되었다. 정말 파에톤을 타본 게 맞냐고 따지자 그 애는 실토했다.

"진짜로 가보기는 했어. 아니, 가보지는 않았는데 출입이 막힌 뒤로도 몇 달간 VR 체험이 있었어. 그러니까 그 체험은 했어. 뒤집어지면서 세상 저 아래로 빙그르르 떨어지는 거."

"너 그 VR 체험도 안 해봤지?"

"아니, 근데 그걸 직접 해봐야만 다 아는 건 아니잖아."

"네가 했는지 안 했는지도 분간 못 하는 경험을 왜 나한테 말해줘야겠다고 느끼는데?"

횡설수설하던 그 애가 슬그머니 눈을 피했다. 우리가 중독 모임에서 만났다는 것을 생각하면 그럴 만도 했다. 그날 세 번째쯤 나온 그 애는 자기가 차를 타 마시는지 약 탄 물을 마시는지도 헷갈려 했다. 나도 익히 아는 섬망 증세였다. 사진과 인용문이 두서없는 파편으로 끼어드는 이 글 또한 앓고 있는 단절.

그 애에게 사뭇 날카롭게 던진 질문은 사실 나 자신에 대한 의문이기도 했다. 나는 왜 경주 이야기를 찾아다니나? 하찮은 추억이더라도 소중하다는 교훈을 끌어다 대고 싶지는 않다. 하찮은 것은 하찮은 것이다. 내가 알고 싶은 건 경주라는 거대한 무덤에서 값지고 화려한 보물뿐 아니라 하찮은 파편들마저 제 몫으로 보존하고 싶은 욕구다.

그러나 무덤으로써의 경주는 천년 묵은 먼지뿐 아니라 오늘날 우리의 파괴 행위가 일으킨 오염까지 뒤집어썼다. 둘을 분간하기란 쉽지 않다. 교과서 속 역사 도시로서의 경주와 우리 세대가 겪은 파괴된 경주 사이의 괴리는 때로 흐릿해지고 흔들리면서 경계를 무너뜨린다. 금일이 경주 정착 초기에 쓴 단편 「경주의 장례식」에서 할머니의 장례식에 참석한 화자 또한 그 괴리의 틈바구니에 빠져 있다. 젊은 여성 화자는 벚꽃이 환한 봄 북적거리는 관광객 틈에서 철저히 주변과 유리된 외톨이다. 금일과 닮은 화자는 서너 줄씩 끼적인 수첩을 쥐고 장례식장을 배회한다. 봄꽃을 보고, 커피를 마시고, 우연히 떨어진 누군가의 책을 훔친다. 슬픔은커녕 이런 곳에서조차 삶의 여유를 건사하는 데 필사적인 스스로를 생기 넘치게 비웃으면서. 부박한 풍경 가운데 스스로를 애써 관찰하고 기록하며 내면으로 더 파고들기 위해 애쓴다.

대체로 웃을 수도 울 수도 없는 풍경들이다. 장례 리무진이 출발할 때 불경 테이프 대신 흥겨운 트로트 메들리가 솟구치는 해프닝이 그렇다. 코를 훌쩍이는 소리조차 멎고 민망한 정적이 차내에 퍼진다. "어이쿠, 실수입니다." 아무 일 없었다는 듯 다시 메마른 흐느낌으로 가득 찬 장례용 리무진 안에서 화자는 비로소 젖어드는 눈을 비빈다. 할머니의 죽음이 슬프지 않다는 실감에서 역설적인 비감이 찾아든다. 죽음은 도처에 있다. 관을 실은 리무진이 영원에 가깝도록 늘어나는 광경, 장례식장에서부터 산꼭대기 무덤가까지 이어진 리무진 탓에 누구도 도착하기 전에 이 차에서 더는 내릴 필요가 없는 광경을 그린다.

그러니까 문장과 구조는 엉성해도 「경주의 장례식」에는 금일이 골몰하던 주제의식이 벌써 제법 선명하다. 스스로 나올 필요가 없는 알맞게 서늘한 무덤을 찾아 기어들기. 이런 금일이 경주시의 현대문학을 대표하는 청년 작가로 박물관에 전시된 건 관계자들 중 아무도 금일의 소설을 읽어본 적이 없기 때문 아닐까. 오늘날 소설처럼 실제로 읽지 않고서도 아는 척하기 쉬운 매체도 드무니까.

*

글 외에도 죽음을 달리 임상 체험할 통로라면 잠일 것이다. 박물관에 들르기 전날 밤, 커피를 연거푸 내려 마시고 마당을 서성대다 누운 금일은 기억에 남을 꿈을 꾼다.

별난 꿈이다. 난폭한 버스를 타고 가파른 길을 오른다. 어느 틈에 버스가 낡은 유람선으로, 오르막길은 거슬러야 할 거대한 폭포로 바뀌더니 넓은 바다에 도달한다. 아주 어릴 적 가라앉던 배에 탄 승객 전원이 구조되었다는 오보를 본 뒤로 바다와 유람선은 금일에게 내내 악몽의 소재였지만, 꿈속 바다는 삭은 그물과 생선 비린내로 생활감이 넘치는 동해안 부두면서도 언젠가 정상에서 굽어본 산들 틈에 자리한 호수 같다. 물리법칙을 벗어난 공간이지만 꿈이니까 이상하지 않다. 유람선이 바다를 가로질러 내달리자, 모래밭 너머로 금일이 어릴 적 살던 주공아파트와 분홍색 외벽의 초등학교가 불쑥 드러난다. 난 여기를 아는데, 금일이 생각하는 사이 바다 횡단을 마친 버스가 해변에 멈춘다.

꿈속 세상의 꼭대기는 드넓고 잔잔한 빛에 잠겨 무한

히 펼쳐진 수면이다. 물은 아래로 흐르며 세상을 이룬다. 바닷가에 도착한 승객은 해변에 머물며 부두를 돌아볼지 아니면 작은 보트를 타고서 바위섬을 둘러볼지 택할 수 있다. 꿈속에서 금일은 두 번이나 그 높은 세상의 꼭대기에서 서성거렸는데, 어느새 이곳의 누군가와 사랑에 빠져 가만히 있을 수 없던 까닭이다.

첫 방문에서는 작고 뾰족한 바위섬을 돌아본다. 쏜살같은 속도에 잘 보이지 않는 물고기들이 반짝 솟구쳐 수면에 파문을 남겼다. 보트는 오래 기다려도 오지 않았다. 꿈에서는 알 수 없는 기다림이 잦기 마련이다. 아무 뜻 없는 파도의 섬세한 무늬들을 심각하게 내려다보는데 사랑하는 여자가 불쑥 웃는 얼굴로 공중에서 나온다. 늘 금일의 이상형이었던 숏컷과 유순하게 쌍꺼풀진 하얗고 풍만한 몸매를 지닌 여자지만, 과거 사귄 지인 중 누구도 아니다. 낯선 여자는 고립된 금일이 걱정돼 마중을 나왔다며 애정 가득한 눈길을 보낸다. 우습게도 온갖 고민이 사라지고, 꿈속 금일은 그녀의 손을 꼭 잡고 집으로 돌아간다.

그런데 어디가 집이지?

1인칭의 금일은 몰라도 저 하늘 위에서 꿈을 내려다보

던 금일은 의구심에서 놓여나지 못한다. 두 번째 방문에서는 오르막을 한참 지나 바다가 펼쳐지는 길이 반복 중임을 깨닫고 선뜩해진다. 바다가 가장 높은 곳에 있는 세계란 물리적으로 불가능하잖아(잠에 겨운 눈을 껌벅, 새삼스레 꿈속 세계의 원리를 헤아리며). 늘 갈구했던 사랑이 이토록 쉽게 다가온 것도 말이 안 되고(다시 눈을 감고 흔들리는 차창 밖을 보며). 결국 금일은 섬에 가지 않고 부두만 서성이다, 수면 위로 머리를 쳐들듯 보드라운 이불 속에서 심란하게 깨어나 그냥 여기 머물러야지 어디에도 가지 말아야지 머리를 싸안았다. 베개 위에서 눈을 부비며 쓴 듯 필체가 흐트러진다.

깬 직후가 아니라 몇 시간은 지나서야 꿈속 풍경이 죽음의 세상이었음을 알았다. 마침내 사랑하는 사람이 피할 수 없는 성령처럼 내려오자 고독의 면면을 다시 살피지 않을 수 없었다. 나는 내 의식의 바다를 응시하며 목이 메었다.

그리고 꿈속 파도는 다시 출렁여 금일을 자기 자신이자 자신이 아닌 존재로 흔들어놓았다. 수평선의 윤슬이 커튼 너머 미광과 뒤섞였다. 삭은 밧줄에 매달린 양 금일은 스스로에게 절박한 확신으로 중얼거렸다. 아니. 내가 사랑하는 사람은 꿈 밖에도 정말로 있어. 그 이유를 말하자면……. 날카로운 알람 소리가 이번에는 정말로 잠을 뚝 끊어냈다.

"야, 주말에는 꺼놓아야지." 금일은 자연스럽게 베개를 내리치며 투덜댄 뒤에야 거기 누운 다른 머리가 없다는 사실을 깨달았다. 집 안에 사람이라곤 금일뿐이었다. 몇 달간 누구도 사귀지 않았고, 아무도 금일을 찾아오지 않았다.

돌아보면 경주에서 나는 내내 나와 책을 읽고, 나와 밥을 먹으며, 나와 대화했다. 그런 나를 못 봐주겠다는 양 경주가 내게 다가왔다. 더없이 생생하고 충실하게 살아 있는 그림자, 아니 사람으로. 다만 한 명의 여자일 뿐이라서 어떤 이야기에 어울릴지는 더 기다려봐야겠지만.

일기는 이렇게 끝난다. 금일은 일상의 기록을 떠나 허구의 세계로 진입한다. 『금일의 경주』 구상에 관한 작가

노트는 이것이 전부다.

*

금일은 그렇게 찾아온 꿈속 여자를 생각하며 국립경주 박물관까지 걸어갔다. 활짝 웃던 여자가 지인 중 누구와도 닮지 않았다는 사실에 마음이 쓰였다. 금일의 꿈에서는 장소뿐 아니라 사람도 안팎이 뒤집혀 드러나니, 순진한 희망사항의 반영이라기에는 영 종잡을 수 없는 흐름이었다. 나이 들어 머리가 벗겨진 상사가 남동생으로 나온 꿈에서 금일은 그만치 성숙해진 미소로 철없는 상대의 머리를 쓰다듬어주지 않았던가. 지금껏 금일이 꿈을 제대로 기록하지 않은 것은 맞아, 내겐 늙은 남동생이 있고 바다는 원래 높은 곳에서 흘렀지 하며 곧장 수용하는 자의식이 꼴사나워서였다. 현실을 닮되 안팎이 뒤집힌 꿈을 냅다 이해하는 모습은 금일이 얼마나 도망치길 좋아하는지 보여주는 증거 같았다.

스스로를 바꾸지 못해 현실을 바꾸려는 작가는…… 모양이 빠진다고 서른둘의 금일은 생각했다. 물론 모양 빠지는 걸 너무 의식하는 것도 웃긴다. 그러나 자신이 아니라 더 나은 여자들을 위해 뭔가 마련하는 것은 다른 문제가 아닐까? 헨리 제임스가 이자벨 아처에게, 구스타브 플로베르가 보바리 부인에게 **수백만 개의 창을 가진 소설의 집**[9]을 지어 주었다면.

대릉원 언덕의 풀줄기 끝이 노랗게 물드는 선선한 초가을이었다. 버려진 개들이 작아진 목걸이를 달고 킁킁거리며 허공의 낙엽 냄새를 맡았다. 그래도 국립경주박물관은 당시의 경주에서 가장 정돈된 공간이었다. 발굴된 금관과 묵직한 귀걸이들, 박물관 벽면 하나를 차지한 토기 조각들이 관광객 없이도 일정한 조도와 온도 아래 관리된다는 사실이 마음을 편하게 했다. 이 천년의 도시는 폐허가 되고도 무덤과 유물의 소유주였다. 비록 감포 해안으로 가는 길은 막혀 있었지만, 꿈속의 사랑하는 여자가 자기 뒤를 따라 걷는 배경으로는 이 도시가 가장 어울릴 터였다.

금일은 황량한 박물관 마당으로 나가 목이 잘린 불상

9 앞의 책, 156쪽.

들 앞까지 무작정 걸었다. 석가탑과 다보탑의 모조품들 너머로 지금까지 걸어온 길을 돌아봤다. 탑 너머 하늘이 푸르렀다. 지금 이곳과 조금 다른 우주, 바다가 오르막길 위에서 평평히 펼쳐지고 금일이 만난 적 없는 여자를 사랑하는 우주, 그러나 아주 다르지는 않아 해 질 녘 그림자처럼 원본을 닮은 살짝 기울어진 우주가 눈앞에 겹쳐 보였다.

정시가 되자 녹음된 에밀레종 소리가 긴 떨림으로 퍼지며 현실을 일깨웠다. 그런데 그것은 제자리로 돌아왔다는 감각이 아니라 오히려 다른 세계로 쑥 밀쳐져 들어갔다는 감각, 여기부터 저기까지의 경계가 확장되어 도리어 흐려진다는 깨달음에 가까웠다. 금일은 얼굴을 한참 문질러 닦았다. 멀리서 보면 정신을 차리려는지, 저도 모르게 흐른 눈물을 닦는지 구별하기 힘든 몸짓이었다.

돌아가는 길에는 뒤에서 이봐요, 다정하게 금일을 부르는 소리가 났다. 부스스한 행색의 비쩍 마른 여자애였다. 공정하게 말하자면, 금일 또한 마찬가지로 부스스한 행색의 뚱뚱한 여자기는 했다.

"봐요, 받아요."

시비를 거는 건가 싶어 주춤거리는 사이 건네진 것은 종이였다. 금일이 멈춰서 손에 쥔 종교 모임 홍보지를 들여다보자 여자가 얼른 붙어 섰다.

"어젯밤 첨성대 위로 쏘아진 물체를 봤어요? 이 땅은 계시의 천국이라고요."

"밤에 뭐가 떴다고요?"

지난밤 금일은 마당을 내다보며 커피를 마시지 않았던가. 첨성대라면 대문 너머로 내다보였지만 하늘은 내내 흐리고 캄캄했다. 어리둥절해져서 묻자 오히려 상대가 눈썹을 치켜떴다.

"하늘 말고 무덤을 봐야죠. 무덤에서 나옵니다. 떼로 기어 나옵니다. 저 무덤이 여기저기 파헤쳐진 것이 증거입니다. 이봐요, 그런 일들은 언제나 깊은 밤에 일어나는데 우리가 두 눈 똑바로 뜨고 봐도 놓치기 일쑤지만 그나마도 두 눈을 감고 있으면 어둠 속에서……."

여자는 취해 있었다. 그리고 언덕 위 하늘인지 무덤 능선인지를 삿대질하며 무서운 얼굴, 눈에서 광선을 발하는 얼굴, 몇 해 전 월성원자력발전소의 느닷없는 사고를 예지했으며 다수의 유튜브 채널에서도 조작 없는 촬영분이라 확인되는 그 얼굴의 주인에 관해 외쳤다. 금일은 다시 걸었다. 땀을 흘리며 빠르게 걸었다. 길모퉁이를 돌 때서야 흘끗 뒤를 돌아봤다. 여자 대신 자기 그림자만 담벼락에 길게 붙어 따라오고 있었다. 금일은 다시 돌아보지 않고 손에 쥔 전단지를 꽉 움켜쥔 채 뛰었다. 나중에 펼쳐 본 전단지에는 이렇게 적혀 있었다.

너는 땅 아래 천국의 분명한 실존을 의심하지 말라.

박물관 열람실에 전시되어야 할 단 하나의 물건이 있다면 바로 이 전단지겠지만, 어설프게 구현된 모조품조차 보이지 않았다. 금일은 소설의 발상이 된 그 전단지를 어떻게 했는지 기록한 바 없다. 사람들은 전단지며, 사이비 여자와의 돌연한 만남 모두 금일이 지어냈을지 모른다고 의심했다. 하지만 내가 아는 바, 그건 정말로 있었던 일이다. 금일에게 전단지를 건네준 여자가 바로 나거든.

*

얼마나 이상하게 들릴 말일지 안다. 불필요하고 뜬금없이 돌출된 말이다. 이런 사적인 고백 없이도 금일을 기리는 글은 쓸 수 있다. 이 일화가 실화란 말인가? 실화라면, 그래서 뭐가 어떻게 된단 말인가?

중독자는 간절한 소망과 입 밖에 내놓을 말을 구분하지 못한다. 누구도 그들의 말을 믿지 않는다. 침상에 멀거니 누워 환한 꽃나무를 내다보던 봄날 저녁, 꽃다발과 소설책을 갖고 방문한 막역한 친구도 그랬다. 내가 이 책을 쓴 작가를 본 적이 있다고 말하자 친구는 이제 좀 현실을 살라고 했다.

"그게 그렇게 말도 안 되는 소리야? 나도 경주에 있었다니까."

"같이 경주에 있었다고 다 그냥 만나지나."

나는 설명하려고 오만상을 찌푸리며 자세를 고쳐 앉았다. 돌이켜보면 실로 오랜만에 든 욕구였다. 해 질 녘 대릉원 무덤가를 거니는 이 작가를 내가 정말 봤다고. 인기척 없는 주변과 갑자기 다가오는 사람을 똑같이 두려워하면서도 산책을 나서는 이 작가를 멀리서 지켜보다 충동이 일어 불쑥 말을 붙였다고. 나는 입을 열었다 다물었다. 남을 설득시키려는 스스로의 열망이 낯설었다. 당시 나는 입원 두 달 혹은 두 달 반 차로 36킬로그램이었다. 여전히 반쯤 죽어 있던 내 안에서 밀고 나오는 기억, 야청빛 책표지 날개에 박힌 작가의 미간을 찌푸린 얼굴, 그 반항적 얼굴과 눈 맞춘 순간 떠오른 말이 날것의 재료처럼 생생했다는 사실을 곱씹어 음미했다.

결국 다시 입을 열었다.

"그때 경주는 그렇게 만날 수 있는 데였어. 돌아다니다가 그냥 누구 만나면 만났구나, 하며 헤어지고."

"헤어졌는데 안 보이면 죽은 셈 치고?"

"아니, 그런 줄 알았다가도 다들 또 불쑥 나와서 고개만 까딱하고 지나쳐 가는 데였어."

이 소설을 쓴 작가는 내가 알고 느꼈던 바로 그 경주를 분명히 알고 겪었다. 친구는 고개를 저으며 웃었다. 내 말의 내용보다도 내가 뭔가를 대꾸한다는 게 반가운 기색으로.

"하하, 뭐야. 그럼 여기 네가 나오는 거야?"

그날 저녁 펼쳐본 『금일의 경주』에는 이런 구절이 나왔다. 나는 이제 표지는 들뜨고 커피가 얼룩진 그 책 페이지에 연필로 흐릿하게 밑줄을 그어놓았다.

경주가 보기에, 그 일이 정말로 일어났다는 것 외에는 무엇도 알려주지 않는 사실의 진위 감정에 매달리는 사람은 애도의 한가운데 있었다. 아무것도 아닌 사실에 매달리기. 금일시에서 이런 애도 상태에 빠진 사람은 개똥만큼 흔했다.

이 글은 금일을 애도하려 쓰이고 있나? 작가의 책상에 앉은 나는 스스로에게 고개를 가로젓는다. 그때 금일은 전단지를 받자마자 미친 사람을 본 듯이 뛰어갔다. 나는 금일과 더 이상 대화하지 않고 스쳐 지나갔다. 각자 취약하고 불안정한 상태로. 이 글은 금일을 연구하려는 글도 아니다. 심지어 금일 개인을 위하는 글도 아니다.

벽에 부딪친 기분이다. 나는 오직 자기 연민이라는 만족감을 위해 글을 쓰고 있나?

*

끓어오르는 내 자의식에 찬물을 붓자면, 『금일의 경주』의 주인공 경주는 어떻게 봐도 나와는 닮지 않았다. 까만 숏컷 머리와 풍만한 몸매의(예의 꿈속 여성에게서 따온 외모로) 경주는 성격적으로는 별수 없이 작가 금일을 닮았다(덤덤한 성격으로 설정된 경주가 잇는 기나긴 독백은 때로 지나치리만큼 문학적으로 유려하다).

그러나 무엇보다도 경주는 독자적인 인물로서 심신이 튼튼하다. 금일도 나도 소설 배경인 금일시처럼 공교롭고 변덕스러운 악의로 가득한 동네에서는 제대로 버틸 수 없을 것이다. 경주는 금일시 토박이로 쭉 삼십 년을 살았다. 금일은 제 이름을 붙인 이 도시를 거주민에게 한 번의 부활만 약속하며 온갖 파멸적 죽음의 충동을 부추기는 온상으로 묘사한다.

"착한 사람이 죽으면 어떻게 부활할지 참 궁금하지 않아?"

"아니요."

경주는 묵묵히 고개를 돌린 채 계속해서 지껄이는 환자의 욕창을 닦아냈다. 자기 귀도 닦아내려는 것처럼……. 몸만큼이나 바이러스에 취약한 것이 마음.

"경주 씨가 착한 사람이라 안 궁금한가 보다."

"그건 아니고요." 여기서 다시 한번 살아나 봤자, 결국 두 번 죽게 될 뿐이니까.

확실히 아름다운 세계는 아니다. 그렇다고 해서 모든 게 한꺼번에 사멸한 디스토피아도 아니어서, 좆같이 근근하게 다들 명을 유지하는 지긋지긋함이 밴 도시다. 심지어 좀비들조차도 금일시로 돌아와 다시 자기들의 일자리를 구한다. 예비 좀비들의 무덤 미리 파놓기. 줄줄이들 부활할 테니 무덤 파기는 금일시에서 전망이 상당히 좋은 사업이다.

2인칭 화자는 유머러스한 어조로 장담한다. 호스피스이자 아마추어 상담가인 경주가 지금껏 견고하게 손 닿는 곳에 있는 타인을 돌봐온 것이 물에 젖지 않고 바다를 가로질러 걷는 일만큼이나 불가능한 업적이었다고. 비꼬는지 진심인지 알기 어려운 투다. 양쪽 다일 것이다. 경주는 금일시에 머물며 해무 속으로 뛰어내리고 싶은 급작스러운 충동에 한 번이라도 휩싸인 적 있는 이들을 꾸준히 찾아다닌다. 경주의 몸과 마음이 지치고 깎여나가는 과정이 되풀이된다. 하나 마멸되는 것은 언제고 경주뿐, 도시의 법칙은 그대로.

1부의 클라이맥스에서 경주를 키운 할아버지와 할머니가 동반 추락으로 자살하고, 경주는 장례식을 준비한다. 두 사람을 좀비로 부활시키려면 시체가 든 관을 사납게 소용돌이치는 바다까지 끌고 가 절벽에서 던져야 한다. 시신을 보호하기 위해 바다 장례에 준비되는 관은 무겁고 튼튼하게 제작된다. 그럼에도 묵직한 관은 절벽을 굴러떨어지며 조종(弔鐘)과 같은 섬뜩한 메아리를 오래도록 남긴다.

소설의 폭력적 배경에는 물론 월성원전사고며 2020년대 초반 코로나-19 전염병의 소요가 어른거린다. 『금일의 경주』를 흥미롭게 만드는 건 그 현실과 맞붙거나 뛰어넘는 대신

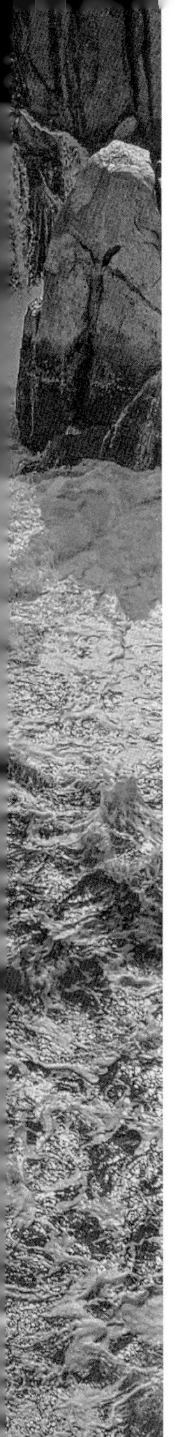

곁눈질하는 투, 그러면서도 어쩌다 여기서 시작했을 뿐 저쪽에서 시작하는 일도 얼마든지 가능했다는 투다. 고립된 병실에서 『금일의 경주』를 읽으면서 나는 벚꽃이 환한 저 창밖 어딘가 우리 모두를 질리게 만드는 황폐한 풍경이 여전하리라는 사실이 공황 증세 없이 차분히 상기된다는 데 놀랐다. 바닷물을 뚝뚝 흘리며 산에서 내려오는 부활한 좀비가 겪는 육체적 고통의 묘사는 피폭 피해자들을 연상시키되 결코 같지는 않다.

또한 어떤 이들은 금일시로 다시 돌아오지 않았으니, 부스러지는 살갗과 창백하게 부어오른 눈으로 갈 수 있는 곳까지 갔을 것이다. 단 한 명의 것이라 해도 고통스러웠을 괴로움을 안은 그들의 숫자는 적지 않았지만, 어디서 다시 죽어갔는지 누구도 알지 못했다.

부활한 좀비를 기다리는 가족들 틈에서 두

번 살기를 거부하고 가버린 이들은 쉽사리 애도의 서사에 포섭되지 않음으로써 소설 속 인물의 몫을 다한다. 경주시는 금일에게 박물관의 말석을 주어 기념할 게 아니라 그 정신을 되새겨야 하지 않을까? 최근 관광특구로 재도약을 준비하는 경주시 주변을 '안전하게' 둘러싼 스테인리스와 유리 장벽은 오히려 그 아래 파묻힌 재와 폐허를 상기시킨다. 소설 속 장례용 리무진에서 잘못 틀어진 가요 테이프의 메시지는 경주더러 창밖 세상을 바로 보고 싶다면 비스듬히 곁눈질하라고 권유한다.

그러자 한순간 차창 밖으로 사철 해무가 드리운 금일시의 가파른 오르막길이 아니라 낮은 돌담과 둥근 능선의 무덤들이 보인다. 소설 속 금일시와 현실의 경주시를 가로지르는 드라이브는 그러나 오래가지 못한다. 갑작스러운 습격으로 리무진은 산 중턱에서 길을 잃는다. 차가 비탈을 구르는 동안 테이프는 **땅 아래 천국의 분명한 실존을 의심하지 말라고** 되뇌고, 악몽은 이제 시작이라는 듯 뒤집어진 리무진 창을 부수고 관을 끌어내는 사나운 손과 목소리들을 갑자기 출현시킨다. 좀비가 아닌 젊은 폭도들이다. 지난한 폭력 묘사의 장이 이어진다.

*

일단 탄력을 받자 금일은 창작에 매진했다. 한 달 뒤, 『금일의 경주』 초고가 3/4 정도 완성되었다. 금일은 첫 장편을 마무리한 작가 특유의 과한 겸양과 득의만면함이 뒤섞인 얼굴로 유일한 독자층, 그러니까 서점 너른벽을 찾았다.

하지만 소설을 합평한 이들의 반응은 좋지 못했다. 낙진의 그림자가 드리운 경주에서 낮에 일하고, 밤에는 글을 위해 서점으로 모인 멤버들은 나름대로 각자의 소신이 대단했다. 문장이 지저분하다. 수장되는 시신, 부활한 좀비의 부패에 대한 묘사가 너무 자세하다. 여성의 신체와 그 아름다움에 대한 언급도 과하다. 금일과 경주라는 이름을 써 굳이 독자를 헷갈리게 만들 필요는 없다는 지적도 많았다(금일이 끝까지 소설의 제목을 고수한 가장 큰 이유일 것이다).

어떤 이들은 작가와 화자를 동일시하는 재미를 놓칠세라, 금일 자신이 돌아가신 할머니의 장례식에 참석한 뒤 물려받은 바로 그 집에서 지낸다는 사실을 에둘러 짚어냈다. 바다 장례란 또 뭔가. 출입이 제한됐고 앞으로도 아주 오래 접근하기 힘들 그곳, 모두의 기억 속에 있었으나 훼손된 감포 해변을 상징한 걸까? 경주는 옛 조상들의 기억을 바다에 묻고 돌아오는 걸까? 왜 신라 문무왕도 스스로를 감포 대왕암에 묻어 조국을 지키게 해달라 유언했으니…….

"혹시 문무왕 좀비도 나오나요?"

금일은 입을 다물어버렸다. 작가 활동 내내 지속될 치명적 약점으로, 결말에 정합적 인과를 부여하는 설명을 금일은 철저히 기피했다. 자기 작품을 그렇게 읽으려는 독자에게도 박했다. 누군가 예정된 결말의 방향성을 묻자 금일은 불쑥 『아서 고든 핌의 모험』 맨 마지막 문장이 얼마나 훌륭한지를 언급했다. 에드거 앨런 포의 그 불길한 모험기는 마지막 순간 바다에서 솟아오른 수의를 입은 하얀 거대 괴물의 정체를 설명하지 않고 돌연 끝나버려 공포의 정수를 효과적으로 결빙시켜 움켜쥔 것이 아니겠느냐고. 남들이 보기에 스스로의 독창성에 손상을 입을 만치 소설을 읽어댄 금일은 또 『금일의 경주』의 제사로 이탈로 칼비노의 작가에 대해서는 작품만이 말할 수 있다(굳이 말을 해야 할 때면 말이다)[10]는 견해를 인용했다. 결국 편집자의 설득에 따라 빠지게 된 이 제사는 둘러앉은 독자들에게는 영 거만하게 느껴졌다.

"잠깐만요. 그런데 금일 씨가 포나 칼비노처럼 위대한 작가인가요?"

"아니죠? 저는 금일이니까."

언짢은 결락 이후, 외설적인 폭력 묘사의 문제가 다시 심각하게 불거졌다. 리무진을 습격한 숲속 폭도들이 벌이는 약물 복용과 무차별적 폭력과 집단 난교로 날뛰는 장면이 고통 포르노라는 지적에는 금일도 가만있지 않았다.

"달 밝은 밤에 무덤에라도 올라가보세요. 삽 하나 들고 파헤쳐진 무덤을 메우려고 낑낑거려보세요. 안개 낀 논둑길을 두리번거리며 걷다가 경적 소리에 기겁하며 넘어져보세요. 그럼 어두운 데 숨어서 뒤를 밟던 애들이 여러분 꼴을 보고 낄낄거리거나 그보다 더한 짓도 할걸요. 경주에 아직 남아 있거나 굳이 찾아오는 애들은 다들 아주

10 『이탈로 칼비노의 문학 강의』, 이탈로 칼비노, 이현경 옮김, 에디토리얼, 2022, 변형 인용.

좆, 개, 씨발이라고요."

작가를 납득시킬 방법이 없어 보여 이내 이견들이 수그러들었다. 자리에 앉은 창백한 이들은 서로 눈길을 주고받은 뒤 일어섰다. 물론 『금일의 경주』를 꽤 흥미롭게 읽은 독자도, 후일 출판사 라블레에서 일하는 팜티옌처럼 눈 밝은 편집자도 있었다.[11] 그러나 금일은 마치 자신도 독자와 별다를 바 없는 처지인 양 통제되지 않은 플롯이야말로 곧 게임을 진정 흥미롭게 만드는 요소라고 우겨댔다. 소설 속 경주의 앞날은 말 그대로 안개 속이라는 거였다. 사방으로 퍼지고, 가라앉고, 사물에 달라붙는 안개.

낙진으로 곪아드는 도시에서 굳이 소설을 읽고 의견

11 *작년 『금일의 경주』를 영어로 번역해 뒤늦은 주목을 끌어낸 바바라 미영 팜의 사촌언니기도 하다. 소설을 읽고 감동한 바바라 미영 팜이 왜 이 작가에게 컨택하지 않았냐 묻자 팜티옌은 고개를 저으며 이렇게 말했다고 한다. "작가와 소설은 서로 무관하고 작가 본인부터가 그걸 원해. 그럼 작품이라도 제대로 닦아둬야 하는데 조개처럼 작품을 혀 아래 밀어넣고 입은 딱 다물고만 있더라고." 『작가의 오른손 위에 덧댄 오른손』, 바바라 미영 팜·팜티옌 공저, 라블레, 2044, 축약해 옮김.*
나는 이 일화의 진위여부를 여전히 운영 중인 너른벽 서점지기에게 물어봤다. 서점지기는 웃으며 고개를 저었다. "맞아요. 금일 씨는 입을 딱 다물고 소설을 설명하려 들질 않았죠. 어떤 작가가 소설과 자기를 쉽게 동일시하겠어요? 또 반대로, 자기 이야기와 자기가 다르다고 쉽게 고백하겠어요?"

을 나누겠다는 사람들이 모인 그때의 경주에서라면 분명 게임에 동참할 독자들도 있었을 것이다. 그러나 작가가 카드를 절박하게 움켜쥐고 앉은 마당에, 열린 마음으로 독자를 끌어들이는 놀이란 불가능했다. 다들 말없이 일어나던 중 누군가 일기에 뼈아프게 기록된 한마디를 던졌다.

“결국 지금 쓰는 본인도 결말은 모른다는 소리네요. 암울한 우리 현실을 고스란히 반영했다면 이 모든 게 어떤 식으로 끝날지 알 수 있는 사람은 없잖아요.”

금일은 일기에 이 평을 그대로 옮겨 쓰고 느낌표를 백 개쯤 찍었다. 그다음 뜬금없이 그려진 둥글넓적한 비행접시는 금일의 신춘문예 당선작 심사평에서 연상한 흔적이 틀림없다. 이 작품은 자기만의 우주선을 지나치게 높이 띄워 발 딛지 못하고 허공을 떠도는 미숙함을 드러내지만, 그럼에도 불구하고……. 이 경우 ‘그럼에도 불구하고’는 너무 얄팍한 쿠션이라 허공에서 뛰어내리는 작가를 보호하기 어려웠다. 그럼에도 불구하고 금일은 자기의 우주선 띄우기를 멈추지 않았으니, 터벅터벅 걸어 또 다른 집단을 찾아간 것이다. 소설 뭉치와 구겨진 전단지를 양손에 각각 움켜쥐고서.

*

폐허의 냄새를 기민하게 쫓다 못해 반기다시피 하는 부류가 있다(아니, 약쟁이들 말고!). 1999년에 그들은 노스트라다무스의 예언을 외며 대피소를 파고 식량을 모았을 것이다. 종말 대신 찾아온 새천년에는 다시 마야인의 달력대로 2012년 너머에는 부재뿐이라 주장했을 것이다. 이들처럼 세계가 망하길 희망하는 부류도 없다. 종말 너머의 세계를 너무도 굳게 믿어 마침내 종말 자체를 경배하게 되었으니까.

원전사고가 터진 뒤, 이들은 두근거리며 경주로 모여들었다. 어떤 이들은 빛의 장벽이 드리웠던 광주 무등산에 들렀다 오느라 늦었다. 슬픔과 긴박함이 대단해 의기양양하게까지 느껴지는 대처였다. 수는 적어도 단합한 그들은 폐허의 도처에서 진리를 찾았다. 경주 하늘을 떠도는 미륵불의 비행접시가 대한민국과 나아가 동아시아의 멸망을 예견한다고 믿었다. 무등산 일대의 빛의 장벽도 상서롭지 못한 징조였다. 신라와 백제가 망할 때도 심상치 않은 징조들이 기록되지 않았던가. 멸망의 그날에는 무덤 속 잠든 시체들이 튀어나올 터였다. 대형 무덤의 둥근 곡선이 비행접시를 부른다고 믿었던 그들은 우선 전도와 함께 파헤쳐진 무덤들을 메우는 데 힘썼다.

하지만 전단지는 누가 읽는지 알 수 없는 채 삭아갔고 삽질도 쉬운 일이 아니었다. 전도도, 무덤 메우기도 순조롭지 못했기에 다들 삽을 들고 새 얼굴을 환영했다.

게다가 젊고 싱싱한 새 얼굴이었다. 경주에 이르게 도달한 신도 중 다수가 중병에 걸려 떠났다. 남은 신도들도 대부분 아팠다. 금일은 이 도시에서 비교적 젊고 건강한 축에 들었다. 물 빠진 바위로 기어오르는 게들처럼 금일 곁에 바짝 붙은 이들은 상냥한 얼굴로 소설을 들여다보고 작가라니 참 근사하다고 평했다. 어떤 글을 썼어도 같은 반응이었으리라. 성에 차지 않는 비평을 거부하는 오만함처럼, 과한 상찬에는 오히려 떨떠름해질 만큼 금일의 성미가 예민하다는 게 문제였지만…….

곧 더한 문제가 터졌다. 어떤 신도가 대수롭지 않게 원전사고 당시 무등산 일대를 감싼 빛의 장벽에 관한 지역

혐오 발언을 내뱉은 것이다. 사고는 물론 여기서 일어났지만 그치들도 인정머리 없다. 빛의 장막이 방사능을 가로막으니 여기만 더 곪아터지지 않았나. 그 말에 금일은 정신이 번쩍 들었다. 지금 소설 평을 듣자고 사이비 집단을 내 발로 찾았단 말인가? 차라리 약을 또 했지 종교에 의존하지는 않기로 결심하지 않았던가! 모처럼의 예비신도가 떨떠름해하자, 그들은 결국 소설을 잘 마무리하고 혜성처럼 데뷔하려면(금일이 자신은 이미 등단했다고 밝혔는데도!) 조상에게 제를 올려야 한다고 제안했다.

금일이 신발을 찾아 신으며 꽤 매섭게 비아냥거렸던 모양이다. 금일의 또래인 여신도 한 명이 발끈해 쫓아 나왔다. 둘은 녹음된 독경이 다시 울려 퍼지기 시작한 사원 담벼락의 길모퉁이에서 언성을 높였다.

"구세주를 모시지 않는 환생은 절대 이뤄질 수 없어요. 당신이 틀렸어요."

"아뇨. 내가 맞았어요. 당신들이 틀렸고요."

금일이 지지 않고 반박했다. 그러자 상대는 빙긋이 웃으며 고개를 저었다.

"아뇨. 당신이 틀렸어요. 그리고 맞은편은 저 위쪽입니다."

그 고지식한 신자는 정말 부러 친 말장난이라는 듯이, 장난스러운 표정으로 '저 위쪽'을 향해 허공에 주먹을 휘둘러 치는 시늉을 했다.

이 인상적인 주먹질은 『금일의 경주』 마지막 장에서도 써먹힌다. 천신만고 끝에 바다에 도착해 반쯤 부서진 관을 절벽으로 밀어붙일 때 경주는 하늘을 똑바로 응시하며 주먹을 흔들어 보인다. 누구에게?

말을 꺼낸 김에 주먹질이라 하면, 나로서는 보다 난해한 후속작으로 평가되는 『경주의 내일』도 언급하고 싶다. 소설은 한층 괴팍하고 잡스러우며 경주시에서 강제로 퇴거당한 작가의 처지를 반영한 듯 금일시라는 배경에서도 벗어난 소설이다(망한 속편의 특징을 고루 갖췄다). 유명 가수이자 라이벌인 J와 L이 우연히 술집에서 만나 서로 날을 세우는 장면으로 시작한다. J와 L은 부활한 죽은 자들이자 양분된 경주의 자아들이기도 하다. 둘은 최근 나란히 신보를 발매한 참이다. 일상과 무대에서의 자아를 깔끔히 분리한 J는 심신이 건강해야 창작 활동도 지속 가능하다는 축이다. 잘 지냈느냐고 J가 착실히 인사하자, 이중인격인 제 자아가 서로를 죽이고 불태우는 뮤직 비디오를 발표한 L이 못 들을 말을 들었다는 양 제 귀를 주먹으로 퍽퍽 친다.

J는 차분히 앉아서 자기 반쪽인 오랜 악우의 주먹질을 지켜봤다. L은 이제 귀뿐 아니라 뺨과 정수리마저 주먹으로 내리쳐댔다. 스스로가 아니라 잠긴 문이라도 두드리는 양 격렬한 주먹질이라 살이 벌겋게 부어올랐다. 제정신이 아니야. J는 침착하게 생각했다. 경주가 한참 제정신이 아니었으니까…… L처럼 경주도 스스로에게 주먹질을 하고 있는 게 분명했다. 어둑한 술집 전체가 소용돌이치며 휘청거렸다.

그리고 노크가 워낙 격렬했던지 술집 벽, 그러니까 경주의 두개골에 쩍 금이 갔다. 주먹을 그러쥔 경주의 손가락이 피와 점액으로 얼룩진 구멍을 파고들었다. 머릿속에서 조잘거리는 죽은 자들이란 좀체 가만있는 법이 없었다.

"제발 입들 다물어!"

제 삶의 목소리에 대한 통제권을 거의 잃어버린 경주는 부서진 두개골쯤은 금세 복구해내는 기이한 회복력까지 지녔다. 그러니까 한층 더 인간의 궤를 벗어나 살게 된 셈이다. 금일시를 탈출한 대가로 회복력과 지독한 인간 불신을 얻은 경주는 **피가 줄줄 흐르는 주먹을 누구에겐지 모르게 휘두르며** 거리로 뛰쳐나갔다가, 음반 가게의 판매대 맨 위에 전시된 J와 L의 신보를 본다. **머릿속 세상이 내 두개골 바깥에도 있다고?** 경주는 눈앞에 놓인 J와 L의 신보를 외면하려는 듯 바라본다.

그 사이에 붉은 글씨로 K라고 크게 쓰인 신보가 경주의 시선을 끈다. 세 앨범의 위치는 J와 L이 경주의(그리고 금일의) 이니셜 K를 앞뒤로 감싸고 있음을 상기시킨다. 경주가 미쳐버린 걸까? 이러한 혼란은 금일이 『금일의 경주』에서 쌓아온 부활에 대한 세계관도 뒤흔들어버린다. 작가가 자기 작품을 혼란에 빠트렸을 때 얻을 수 있는 것은 무엇인가?

그래도 뭔가는 얻겠지. 금일은 『경주의 내일』 후기에서 자조하듯 쓴다. 그때 금일은 긴 무명작가로서의 고난에서 한 지역에 거주하며 명성을 쌓는 작가로서의 고난으로 진입 중이었다. 금일은 경주시의 재개발로 쫓겨난 이들을 조직해 항의시위를 계획했다. 그러자 경주 덕에 책을 낸 젊은 작가가 왜 정치적 움직임을 취하느냐는 비난의 여론이 일었다. 후기에서는 적체된 삶의 한중간에서 나아갈 좁은 길을 가늠하는 젊은 작가의 피로감이 느껴진다.

그러나 그것이 정확히 무엇인지는 아직도 모르겠다. 올바른 정치적 용어를 구할 수 있다면 좋겠는데. 그 무엇을 알게 된 척하고 싶던 때도 있었다. 이제는 내가 그것을 모를뿐더러 앞으로도 정확히 알지 못할 거라는 사실만 알면서 쓰고 있다. 나머지에 대해서는 솔직히 전혀 모르겠다. 나는 부끄럽게도 난해하고 에두르며 곁눈질하는 방식이기는 해도, 함께 걸을 동료를 구하고자 글을 쓰고 있다.

이 후기에서는 엉망으로 지쳤지만 나아갈 힘까지 다 잃지는 않은 젊은 작가의 기백이 읽히기도 한다. 항의시위를 통해 금일은 함께할 동료를 얻었다. 다만 길 끝까지 가보지는 못했다. 그 길의 끝에서 금일이 피살되지 않았더라면 무엇을 발견했을지, 우리는 그저 짐작할 수 있을 뿐이다.

*

금일을 비롯해 두 명의 여성을 더 살해한 남자는 그냥 아무 동기도 없었다고 했다. 갈팡질팡하며 본인의 정신분열을 주장하던 그는 결국 금일이 누구인지 전혀 몰랐고 알고 싶지도 않다고 털어놓았다. 살면서 세상으로부터 얻은 것이 전혀 없기에 범죄를 저지른 데 한 점의 후회도 없다[12]고 밝혔다.

작년에 발간된 『지나간 시간으로부터 도착한 편지』는 금일의 유작이 되었다. 금일의 동료 중 대부분은 살인범의 증언을 믿지 않았다. 그들은 금일이 신념에 따라 움직였기에 살해당했다 여기며 고통스러워했다. 아직 한창 때의 에너지 넘치던, 이제 날개를 펴던 작가가 그렇게 아깝게 죽다니.

나는 살인범이 지껄인 동기가 옳을 수도 있다고 생각한다. 하필 금일을 죽인 데 어떤 의도도 없었다는 말. 가

12 *'유명 작가 포함 무차별 살인 30대 남성 체포' 〈연합뉴스〉 기사, 2043. 02. 29.*

장 부조리한 일들은 이 세상에서 그냥 일어나 우리를 덮치곤 한다. 언제나 우리 중에서 가장 약한 쪽을. 가장 무르고 어려운 처지에 놓인 사람들을.

그리고 여전히 경주에서 명맥을 유지 중인 너른벽의 서점지기는 내 말뜻도 알겠다고 한다. 금일의 죽음이 노골적으로 낱낱이 소비된 것은 분명 고통스러운 비극이지만, 동시에 그토록 노골적으로 언론에 조명됐다는 데 일종의 불온한 해방감도 느꼈다고. 서점지기는 조심스럽고 느리게 덧붙인다. 이 나라가 쉬쉬하던 젊은 여자를 향한 무참하고 일상적인 폭력이 드러났다는 데 대해. 처참함에 몸서리치는 누구도 쉬이 눈 돌릴 수 없게 되었다는 데 대해.

"여자, 어린이, 노동자, 난민. 매일 그들이 맞고 아프고 다치고 죽는 일을 누구도 주목하지 않잖아요. 특히 원전이 터진 뒤로는 더욱 그렇죠."

"어쨌든 경주시에서 지냈으니 금일 씨가 살아봤자 곧 병에나 걸렸을 거라던 기사도 논란이 됐죠. 경주시 부근에서 살던 주민들에 대한 혐오와 차별이 새삼 드러났어요."

금일이 어떻게 죽었으며 그 죽음이 어떻게 소비되었는지 이야기하는 일은 결국 금일이 어떻게 살았는지 되짚어보는 일이기도 했다. 서점지기는 한숨을 쉬더니 오늘은 일할 기분이 가셨다고 서점 문을 닫았다. 이어 주저하며 내게 물었다.

"그런데 이런 대화도 책에 담을 거지요? 어디다 털어놓은 적이 없거든요. 내가 느끼는 후련함이 작가에게 너무나 폐가 될 것 같아서."

나는 솔직하게 대답했다. 그래야 할 것 같다고. 서점지기의 걱정도 이해는 하지만, 바로 그 때문에 발언을 옮기는 게 의미 있을 거라고. 서점지기가 우울하게 고개를 끄덕였다.

"1970년대 미국에서 작가 테레사 학경 차가 성폭행당한 후 살해됐을 때도 비슷한 논의가 있었대요. 그 작가가 세상을 떠난 과정을 고스란히 밝혀야 하는지 그리고 그게 애도에 부합하는지에 관해서."

"역사가 늘 되풀이되는 것 같네요. 그런데 나쁜 쪽으로."

"제자리걸음이라도 걷고 있으니까 다행인 걸까요?"

서점지기는 한숨을 쉬며 와인을 땄다. 금일이 커피 말고도 특히 좋아해서 자주 마셨던 술이라면서. 나는 겨우 사양했다.

"뭐든 중독 위험이 있는 건 다 피하기로 다짐했어요."

"와, 그럼 이 세상을 제정신으로만 살아가는 위대한 과업을 수행하고 계시군요."

"하하. 과업을 위해 짠."

"죽은 여자들을 위해 짠."

우리가 밥그릇과 찻잔으로 건배하는 사이 무덤 위로 불타는 노을이 내려앉았다. 말했듯 이 글은 금일을 연구하기 위한 글이 아니다. 심지어 금일 자신을 위한 글도 아니다. 금일의 죽음이 아무리 많은 진실을 조명했다 한들, 금일이 죽지 않고 사는 편이 무조건 나았을 것이다. 그리고 많이들 믿지 않겠지만, 이 글은 경주시를 위하지 않으려는 글 또한 아니다. 서점을 나와 밤에도 환한 경주 시내를 가로질러 걷다 정신을 차려보니 내가 입속말로 중얼거리고 있었다. 무의식중에 몇 년 전의 나를 불러내듯, 그 애의 갈팡질팡하던 발자취를 되짚어 따라가는 듯. **너는 땅 아래 천국의 분명한 실존을 의심하지 말라…….**

*

결과적으로는 미래를 예감한 사람처럼, 금일은 죽기 몇 달 전 그간 축적했던 에너지를 모아 시위대를 조직한다.

전례 없이 느린 시위대였다. 휠체어 탑승자와 임산부, 어린아이, 무엇보다도 다수의 암 환자를 포함한 시위대는 청와대 앞에서부터 순례처럼 이어진 도보시위 끝에 경주시 외곽에 도달했을 때 찌를 듯이 높이 선 철골들을 마주했다. 이미 재건에 돌입해 경주시의 폐허는 포클레인과 반쯤 세워진 장벽 너머로만 힐끗 볼 수 있었다. 낡아 보이도록 세심히 가공된 수막새와 보도블록과 황토가 트럭에 실려 장벽 안으로 옮겨졌다. 정부에서 파견한 무장경찰이 낙진 피해 지역에서 살았던 그들을 가까이 오지 못하도록 경찰봉으로 쿡쿡 찔러댔다. 전동휠체어까지 파손되자 시위대는 물러설 수밖에 없었다. 건설사와 경찰은 후일 진압 과정에서 특수 제작 방패와 최루탄 등의 무기 사용 의혹을 전면 부인했다.

그런데 벽에 부딪치기에 앞서 한 번만 더 시간을 거슬러 가보자.

나는 금일이 『금일의 경주』를 가져간 세 번째 모임도 있었으리라고, 어쩌면 앞선 두 모임에서 교훈을 얻어 보다 완성되고 정돈된 글을 건넸으리라고 짐작한다. 중독 모임 말이다. 그들은 어느 도시에서나 조용히 정기적으로 만난다. 금일뿐 아니라 모임의 어떤 구성원도 글에 대한 감상을 모임 바깥에서 털어놓지 않았을 것이다. 당시 고립된 경주에서 만나는 얼굴들은 비슷비슷했으니, 소설 합평이나 종교 모임에서 만난 이들이 세 번째 모임에도 나왔을지 모른다. 이름을 밝힐 수 없는 그들은 첫 번째나 두 번째 모임에서와는 다른 태도를 취했을 것이다. 어쩌면 금일도 그들의 말을 더욱 열린 태도로 받아들이고 스스로를 열어놓았을지 모른다.

물론 금일은 자신이 중독 모임에 의지해 살아났다는 사실을 지면에서도 결코 인정하지 않았다. 중독모임 참여자들은 대부분 철저한 익명으로 남는다. 그럼에도 때로는 우리가 숨기려 애쓴 것, 쓰지 않은 것, 그것이 바로 우리를 말해주며 무릇 다른 이들과 연결되어 있다고 알려준다. 할머니의 관을 끌고 절벽 끝에 선 경주의 독백 속에서 날개도, 팔다리도 없고 밧줄 더미도 아닌 무엇인가

힘차게 꿈틀거린다. 그 정체가 무엇이건, 이 장을 쓸 때 금일은 자신이 경주를 통해 더 용감하고 훌륭해질 수 있는 가능성을 스스로 시험해볼 수 있다는 사실을 알았을 것이다.

"나는 부활 없이 한 번만 살겠어요."

너는 찰랑이는 우윳빛에 푹 잠긴 부활의 바다를 보는 대신 (…) 내가 널 보고 있다는 사실을 아는 양 공중을 똑바로 쳐다보며 주먹을 휘둘렀다. 전능한 서술자가 어디에 있건 간에 자기 자신을 가만두지 않겠다는 것처럼.

"그게 뭔지는 몰라도 있다는 건 알겠어요. 순간순간 빛나는 햇빛, 지렁이, 심지어 저 관 속에도……. 나는 그걸 믿지만 신이라고 부르기는 싫은데, 우리 삶의 다발이 거기서 자랐지만 그걸 뛰어넘는다고 생각해서 그래요. 나는 그것이 우리를 묶어주기 때문에 있다고 믿을 뿐이에요. 지금 여기의 우리요. 금일(今日)이라는 도시명이 어떤 초자연적 존재 혹은 창작자, 우리 모두의 운명을 들여다보는 음험한 자의 뇌리에서 나왔다고 한들 지금 여기 오늘을 살라는 뜻이 퇴색하지는 않는 것처럼 말이에요."

그리고 숨기지 못한 피로와 절망이 배어나는 『경주의 내일』에서조차 경주는 자신이 어디로 가야 하는지 안다. 경주는 화를 내고 주먹을 휘두르면서도 매번 분명한 목적지를 향해 걷는다. 이건 멀리서 굳이 경주로 찾아와 『금일의 경주』를 선물했던 친구가 내게 전하고 싶었을 메시지이기도 하다. 나와서 걷기. 세상을 마주하기. 폐허, 용의 무덤, 궤도를 그리며 무익하게 반복되는 기나긴 단 하루에서 빠져나오기.

파도들이 그러하듯 떠나온 장소로 다시 돌아가기 위해서다. 『지나간 시간으로부터 도착한 편지』는 이렇게 마무리된다.

*

해 질 녘쯤 폐관 시간이 되어서야 나는 박물관에서 완전히 빠져나온다. 금일의 글을 오래 들여다봤더니 심신이 피로하다. 경주시의 외벽은 건설사의 자랑처럼 몹시 단단하고 안전하다. 벽은 오직 관광객 전용 패스 앞에서만 매끄럽게 열린다. 방사능에 심각하게 잠식된 잔여물들은 치우되 가장 중요한 것들은 각고의 노력을 기울여 보존했으니, 천년의 역사를 거뜬히 유지해온 도시로서 다시 새천년을 맞을 준비가 끝나간다고 자신한다. **다시 한 번 새천년 도시라**는 홍보 네온사인은 **낙진 후유증인 코피와 구토감이 느껴질 경우 중앙 센터로 찾아오세요** 같은 안내문과 나란히 걸려 도처에서 반짝인다. 경주시에 머물수록 우리 앞에 펼쳐진 시간이 정말로 천 년은 더 거뜬히 이어질지 혹은 거의 남아 있지 않은지 불분명해졌다. 창문 하나 없는 벽 안에서는 날씨와 흐르는 시간을 가늠하기 어려운 법이다.

온갖 표지판이 세워졌지만 해안 방향 도로만은 여전히 막힌 이 도시의 무덤 앞에서 나는 커피를 주문했다. 그리고 컵을 쥐고 새로 포장된 길을 걸으며, 시위대가 경주시 앞에서 농성하다가 강제 퇴거된 직후 짧고 갑작스런 여진이 닥쳤다는 뉴스를 떠올렸다. 워낙 튼튼히 지은 덕에 공사 현장은 큰 피해를 입지 않았으나, 감포 해안 대왕암 부근의 무겁고 까만 바위들이 별안간 요란한 뇌성을 내며 절벽을 굴러 바다로 연거푸 떨어졌다. 때마침 출입 통제 구간이었기에 하늘에 뜬 드론 외에 직접 목격한 이는 없었지만, 당시에도 어김없이 근처 들판에서 일하던 거주민들은 몸으로 파고드는 기이한 진동을 느꼈다고 한다. 짧고 분명한 흔들림이 돌연한 은총과 같이 모두를 휩쓸고 사라졌다고.

유리와 콘크리트로 폐허를 뒤덮어 막다른 벽으로 우리를 서서히 떠미는 시간의 흐름처럼 금일이 천착했던 주제들도 불변하니, 우리가 기억하는 소설 속 어떤 일들은 스스로 행하지 않는 방식으로 끝내 행해지기 마련이다. 나는 금일을 위해 글을 쓰지 않았다. 금일이 나를 위한 글을 썼다.

2044년 4월, 경주에서

수상 소감

수상 전화가 왔을 때는 도서관에서 연작의 네 번째 이야기를 쓰던 차였다. 소개될 소설들처럼 두려운 사회와 외로운 작가를 잇는 예술 이야기다. 끊임없이 파도가 넘실거리는, 윤슬과 잔상을 남기는, 오염되어 사람이 거의 찾지 않게 된 동해를 스크린으로 영사(映寫)하려 분투하는 작가의 일지다. 통화를 마치고 돌아와 겨우 몇 줄을 더 썼다.

오래 혼자 쓰다 보면 그런 때조차도 어떻게든 글을 이어가는 마음가짐이 필요했다. 나 혼자 그런 영화를 보듯 감상하고 비평하고 등을 토닥이면서. 괴로울 때면 가보지 못한 장소와 시간으로 나를 보내 걷고, 말하고, 귀 기울이게 했다. 그렇게 살아나 지금 여기로 돌아오도록.

실은 얼떨떨하고 무서웠다. 뽑히지 않을까 봐 마음의 벽을 높이 세우고 버틴 탓이다. 읽었던 박지리 작가의 소설과 편집자님의 다정한 축하와 앞선 수상자들이 있다는 사실을 곱씹다가 천천히 실감했다. 바다가 매끈한 스크린이 아니라면, 그 안에서 파도는 계속해 다른 파도와 손을 잡으며 일어나고 있는 거구나. 연결은 벽을 내가 박차고 나아갈 발판으로 만들어주었다. 어디에 고립되었건 작가가 혼자일 수는 없다는 이야기를 통해 내가 연결되었다는 사실에 한없이 겸허해졌다.

선의로 가득한 박지리문학상의 손을 맞잡고 걷게 되어 영광이다. 늘 응원해준 가족과 친척들 덕분에 더욱 기쁘다. 방현석 선생님, 전성태 선생님, 윤성희 선생님, 조경란 선생님, 박지리문학상 심사위원 선생님들, 이기영 후원자 님께 감사드린다. 다정한 친구들과 동료들 특히 내 좋은 점을 오래 살펴준 지수에게 보답하겠다. 세상 살피는 눈을 준 엄마와 서울 마포구의 세계문학 서점극장 라블레는 따로 언급해야 할 만큼 큰 힘을 주었다. 앞으로도 해야 할 이야기가 밀려드는데, 마땅하게 해내는 것이 작가의 일이다.

2023년 겨울, 최수진

작가의 말

최근에 나는 친구들에게 작가의 말을 두 가지 중 하나로 시작하게 될 것 같다고 말했다.

1. 우여곡절 끝에 40년짜리 대출 계약을 맺고 그만치 일하는 미래를 담보로 첫 집을 구매하게 되었다.
2. 이사하려다 문제가 꼬여 전 재산인 보증금을 모두 날리고, 새 집 또한 갈 수 없어 이 소설의 등장인물들과 다름없는 신세가 되었다.

작가의 말을 쓰는 지금은 2번보다는 1번에 가까운 둘 사이 어디쯤이다. 우여곡절 끝에 터진 더 큰 악재를 수습하고 원래 문제에 도로 뛰어들어 돌파 중인데, 집을 구하려는 이 과정에 대해 공익적 차원에서 할 말이 매우 많지만 다른 기회에 이야기하도록 하겠다.

친구들은 내게 다른 세 번째 버전으로 시작하게 되길 바란다고 말했다.

3. 다행히 모두 잘 해결하고 작가의 말을 쓰고 있다.

고마운 마음이지만 그렇게 쓸 수는 없었다. 딱히 상황에 정직하려는 마음은 아니다(차라리 다 거짓말이었으면 좋겠음). 다만 내게 세 번째 길이란 정반대의 두 길을 갈무리하는 해답보다는 언제나 아예 다른 맥락의 엉뚱한 한눈팔기를 뜻한다. 나는 과연 1번도 2번도 아닌 사이쯤의 어디로 가고 있지만 이 끝이 모두 잘 해결된 종착역은 아닐 듯싶다. 벌써부터 나는 나아가는 동시에 옆으로 새고 있다. 내 문제가 해결되면 남을 도와야지 이 악물고 다짐했다가, 아니 지금부터 못 할 건 또 뭔가 싶어 '홈리스행동' 단체에 소액 정기후원을 시작했다. 집은 중요하고 집 문제는 우리를 비참하게 만들어서, 어떤 사람들은 집을 떠나거나 집 아닌 장소를 집으로 여기고 살거나 그마저도 빼앗기게 된다. 어쨌든 문제를 해결 중인 내가 그 처지를 이해한다고는 빈말로라도 쓸 수 없다. 다만 집이 모두에게 중요한 문제인 한 그들을 집 없는 사람으로 대우해서는 안 될 것 같다. 나 또한 집 문제에 있어 많은 사람들의 도움을 받았다. 옆으로 새고 있는 나는 어쩌면 옆으로 넓어지고 있는 중인지도 모른다.

뜻하지 않게 집과 사람의 관계를 숙고하며, 이 소설 속 인물들을 제 집 아닌 곳에서 너무 고생시켰나 반성하기도 했다. 변명하자면 내가 하려는 이야기에 나보다 더 어울리는 화자와 인물, 그에 걸맞은 시공간을 빚는 것이 마땅한 소설 작업이라고 여겼다. 나는 나보다 예민하고 강한 인물들을 빚었지만, 그들에게는 내가 품은 무수한 관심사와 의구심 또한 고스란히 이어져 있다. 그들이 나를 고생시킨 만큼 나도 그들을 고생시켰다. 내가 그들을 창조했지만 그들 또한 내게 옆으로 더욱 넓어지는 확장의 감각을 다시 인식시켜줬다. 하다못해 만들어진 인물들과도 이토록 뒤얽힌 부채감을 느끼니, 작가인 나는 현실을 대상으로 한 복잡한 윤리적 책임에 더욱 골몰해야겠다고 느낀다. 마땅히 해내야 할 작가의 일에는 당연히 이런 책임도 포함될 것이다.

그러니 이 소설이 말하기 부끄러울 정도로 단순한 동기에서 출발했다고 밝혀야겠다. 2022년 여름, 넓고 근사한 광주 국립아시아문화전당 내부를 기웃거리다가 '여기 누가 한 명 살아도 모르겠는데? 그게 나라면 좋겠다'고 생각했던 것이다. 그리고 '내가 살아볼 수 없다면 소설이 살아보게 만들면 되지' 하고 생각했는데 물론 문제는 그렇게 간단하지 않았다. 이후 나는 비용과 공사 구분을 떠나 살아보고 싶어지는 공간 발견에 재미를 붙였고, 백남준아트센터와 외갓집이 있는 경주와 기타 등등을 탐색했다. 독자들도 그런 공간 탐색과 의미화를 놀이로 전유한다면 즐

거울 것이다. 이 글에서 우선 감사하고 싶은 대상도 실은 공간, 내가 주로 작업한 서울 성동구와 광진구의 여러 도서관 열람실이다. 공공도서관의 내실을 다져줄 지원이 나날이 축소 없이 풍성해지기를 바란다. 내 생각에는 도서관이야말로 우리가 점거하며 많은 혁명을 시도할 수 있는 최적의 공간이다.

원고 묶음이 한 권의 책이 되기까지는 많은 조력과 그 다양성을 아우를 조율이 필요하다. 그러니 소설 『점거당한 집』이 나만의 책은 아니라는 말도 식상할지 모르나 말 그대로의 진실이다. 세 편의 얽힌 의미를 복잡한 그대로 더욱 선명히 질문하며 살핀 윤설희 편집자 덕에 『점거당한 집』은 한결 나은 소설이 되었다. 사실 내 소설 속 인물들의 운명에 무감했던 나는 편집자와의 교류로 그들을 더 구체적이고 내밀히 살피게 되었다. 소설을 처음 살피고 격려해주신 김태희 이사의 몫도 크다. 표지를 장식한 안초롱 작가의 사진을 골라주고 복잡한 내지 편집까지 살뜰히 살핀 사계절출판사의 디자이너와 편집부에도 감사드린다.

엄마와 아빠와 동생들, 특히 소중한 친구 지수, 친구들과 동료들도 매번 새롭게 고맙다. 세상의 모든 멋진 서점들 중 특히 광주광역시 서점 소년의서, 경주시 서점 너른벽, 서울특별시 서점 라블레에도 마음을 전하고 싶다. 이 소설은 당장 몇 년 뒤부터 이미 우스꽝스럽게 빗나간 대안으로 읽힐지 모른다(그게 낫다, 어쨌든 소설 속 재난은 일어나서는 안 될 일이다). 내가 호명한 대상들도 그때쯤엔 사라졌을지 모른다(더 잘되어서 말이지, 망하지는 맙시다). 다만 빗나갈까 무섭다고 지금 느낀 바와 지금 실재하는 대상에 대한 마음을 낱낱이 밝히지 않을 수는 없다. 나는 이미 엇나가고 있는걸.

이 소설을 앞서 읽은 이들이 종종 내 고향을 궁금해했다. 나는 중공업의 조선소, 해수욕장, 가자미가 잘 잡히는 항구, 해녀들의 물질 장소, 등대, 솔밭, 바위 틈 길고양이, 해안공원, 사철 엄청난 해풍, 문화재이면서 그것들의 총합 이상인 울산 동구 바닷가에서 자랐다. 이중 문화재란 대왕암을 이르는데, 경주 문무대왕릉처럼 문무왕의 왕비가 수장된 무덤이라고 하나 사료상 근거는 딱히 없는 모양이다. 즉 실재를 가공해 지어낸 이야기인 것이다. 나는 이곳에서 「금일의 경주」에 나온 바다 사진들을 찍었다. 종종 놀러온 타지 사람이 대왕암 위 전망대에 올라서서 어리둥절한 채 대왕암은 대체 어디 있는 무엇이냐고 묻고는 한다. 그러고는 결국 의문을 풀지 못한 대신 바다의 풍경에 만족하며 돌아간다. 이야기의 실체를 찾는 우리가 이야기 위에 서 있다는 것. 나는 내가 여기서 자랐다는 사실이 퍽 재미있고 무척 좋다.

2024년 여름, 최수진

작품 해설

예술에 대한 장소에 대한 예술 —————— 윤아랑(평론가)

그러니까 소설이란 근본적으로 난잡한 장소다. 기실 여기 『점거당한 집』에 수록된 세 편의 소설에서 최수진이 줄기차게 주장하는 바는 바로 이런 것이다. 하지만 호기롭게 쓰고 나서 보니, 이 말 자체로는 당신께 딱히 가닿지 않을 수도 있을 것 같다. 소설이 왜 난잡하다는 것인가, 또 왜 소설을 장소라고 말하는 것인가, 이건 비유법인가? 아무래도 이 자리는 이를 해명하는 자리로 써야 할 성싶다.

(아니라면 어쩔 수 없지만 하여튼) 당신께서도 읽었듯이, 『점거당한 집』은 소위 '예술가 소설' 슥 예술가를 서사의 주인공으로 삼는 일련의 소설군에 속하는 작품이다. 아마추어 예술가가 예술 작품이랄 것을 직접 만드(려)는 순간들을 가로지르는 「길 위의 희망」, 미술 작가가 되는 남매의 이야기인 「점거당한 집」, 비타협적인 소설가의 짧은 삶을 반추하는 「금일의 경주」……. 하나 이렇게만 서술하는 건 충분하지 않기도 한데, 그것은 이 연작소설이 (「점거당한 집」의 전반부를 제외하면) 예술가 주인공을 근처에

서 바라보거나 더듬는 2인칭 기고문의 형식으로 거의 쓰였기 때문이 아니다. 그것은 이 연작소설이 동시대 예술에 대한 소설이며, 나아가 예술의 동시대에 대한 소설이기도 하기 때문이다.

어떤 예술도 홀로 존재하지 않는다. 나는 가령 파우스트 설화가 문학은 물론 오페라와 영화 등 다른 예술로 번안된 것을 떠올리며 앞 문장을 쓴 게 아니다. 르네상스부터 모더니즘까지 질기게 이어진, 서구 예술에서 시와 조각과 회화 (그리고 음악) 사이의 격렬한 투쟁이 반증하듯[1], 혹은 갈수록 '미술'이라는 명명 말고는 작품들이 공유하는 규칙이 없어지는 (것처럼 보이는) 동시대 미술의 유동화가 예증하듯, 그 자체로만 성립되고 또 설명될 수 있는 고유한 예술(사) 같은 건 없는 것이다. (발터 벤야민을 따라) 말하자면 "혼동과 분산"으로서 예술(사)뿐. 그리고 동시대의 예술에선 (현대미술의 영역에 속하지 않는 작품들이라 해도) 다른 예술이나 매체의 형식을 거의 고스란히 차용하는 경향이 몹시 득세하고 있다. 소설에서라면 SNS의 언어를 끌어들이는 조던 카스트로와 퍼트리샤 록우드, 영화에서라면 연극 제작 과정을 끌어들이는 웨스 앤더슨과 하마구치 류스케…….

돌이켜보면 인류사에서 일찍이 이런 사실을 미학적인 문제

1 『예술이란 무엇인가』, 볼프강 울리히, 조이한·김정근 옮김, 휴머니스트, 2013, 제4장 '그림과 같은 시' 참조.

로 설정한 것은 바로 소설이었다. 일찍이 영국 (반-)소설의 위대한 초석을 닦은 헨리 필딩은 그 초석인 『업둥이 톰 존스 이야기』를 두고 "산문-희극-서사적인 글쓰기(prosai-comi-epic writing)"라 했는데, 이만큼 소설의 정체성을 함축적으로 표현하는 말도 찾기 어려울 게다. 서사시는 중앙 집중화고 소설은 탈중심화라는, 미하일 바흐친의 저 유명한 이데올로기적 이분법을 따르지 않더라도, 묘사와 서술, 독백과 웅변, 희극과 비극 혹은 일기, 서한, 기사, 시, 교과서, 사전 등 여타의 온갖 담화 형식을 끌어들이고 뒤섞고 가공하며 발전한 소설은, "산문으로 쓰인 서사"이기 이전에 고도로 잡종적이며 난잡한 문학 장르이기 때문이다[2](프랑코 모레티가 "바흐친에게는 결례이지만 간단히 말해 근대 서구의 다성적인 형식은 소설이 아니라 오히려 정확히 말해 서사시이다[3]"라고 지적하긴 했으나, 여기서 내가 염두에 두는 바는 일단 '매체'의 문제임을 짚고 넘어간다).

어쩌면 당신은 반문할지도 모른다. 『업둥이 톰 존스 이야기』는 『돈 키호테』나 『신사 트리스트럼 섄디의 인생과 생각 이야기』와 같이 '소설적인 것'(개성적인 캐릭터, 신화적인 소재, 스릴 있는 전개, 감동적인 결말…)을 문학적 실험의 재료(material)로 삼은

2 『통일성과 파편성 — 프루스트와 문학 장르』, 이충민, 소나무, 2016, 228쪽.

3 『근대의 서사시』, 프랑코 모레티, 조형준 옮김, 새물결, 2001, 100쪽.

일종의 반소설이니 이를 소설 일반에 대한 언설로 일반화할 수는 없지 않나? 하지만 요즈음의 '일반적인' 소설에서도 편지나 신문 기사의 형식을 끌어들이는 경우가 자주 발견된다는 걸 떠올려주시기 바란다. 하여튼 소설은 각각의 예술들이 분과화된 이후에도 공통의 지평 위에서 때론 반목하고, 때론 영향을 주고받고, 때론 도둑질하며 성립된다는 사실을 일찍이 육화한 문학 장르인 게다. 혹은 거꾸로 말해, 이러한 공통의 지평이 존재한다는 것을 인류가 감각할 수 있게끔 하는 것이 소설의 오랜 임무(중 하나)였다. 물론 인류는 거기에 오랫동안 실패했고, 그래서인지 19세기에 들어서는 사진과 만화 그리고 무엇보다 영화가 등장해 그 임무를 보다 급진적이고 포괄적인 형태로써 수행하려 했지만 말이다.

하나 유념하자, 소설이 원래 그런 것이었다고 해서 꼭 오늘날의 소설도 그래야만 할 필요는 없다는 것을. 그리고 동시에, 이전의 미완된 임무를 당대에 걸맞는 모습으로 갱생하는 것이 어떤 뛰어난 예술 작품들의 성취라는 것도. 그렇다면 어째서 최수진이 '동시대적' 예술을 업으로 삼은 이들을 주인공으로 삼았는지, 또 어째서 이메일과 기사와 각주 등 소설 바깥의 담화 형식들을 종종 난삽해 보일 만큼 적극적으로 사용했는지를 이해할 수 있을 것이다. 그는 소설의 난잡함과 동시대 예술의 난잡함이 만나 격렬히 소용돌이를 일으키는 소설을 쓰려 한 것이리라.

'근본적으로' 난잡한 문학 장르인 소설과, '현재적으로' 난잡한 미술을 비롯한 동시대 예술이 서로를 자극하고 또 부상시키며 일어나는 소용돌이. 최수진은 작품 안에서도 이러한 견해를 간접적으로, 하지만 분명하게 피력한다.

소설과 퍼포먼스와 장르 간의 경계가 있을까? 남매는 그 경계를 허물고 표류한 한 쌍 같다. 첫 소설 『문 안에서』의 이례적인 유명세 또한 출간 기념 전시에서 벌어진 소동에 힘입지 않았던가. 소설과 같은 제목으로 열린 소규모 전시에서 남매는 미술관에서 배달 음식을 먹고 마셨다는 이유로 쫓겨났다. 그리고 자기들이 연 전시에서 쫓겨난 남매는 다시 담을 넘어 미술관으로 잠입을 시도했다.(89쪽)

"제도를 넘어서는 순간 예술적 실험은 생활 속 문제가 되지요. 영화관에서 몸을 크게 움직이면 안 되고, 미술관에서 음식을 먹으면 안 되는 것처럼요." "맞아요. 그 규제를 넘어서는 게 우리에게는 거창한 문제가 아니라 생활의 감각이었어요." 한일의 말을 들을수록 『문 안에서』의 화자가 상세히 묘사하는 어릴 적 미술관에 방문했던 감상이 둘 중 누구의 것인지 더 단언하기 어려워졌다.(90쪽)

물론 『점거당한 집』이 "장르 간의 경계"가 식별 불가능해질 수준까지 난잡함을 밀어붙이는 작품은 아니다. 그 대신 동시대 예술의 유동성, 끊임없이 자신의 근거(라 여겨진 것)들을 발굴하거나 풍자하거나 재고하며 스스로를 재정립하는 그 유동성과 '함께' 장르 아닌 장르로서 소설의 가능성을 타진해보려는 작품이라 할 수 있을 터이다. 그리고 그럼으로써 최수진은 (호명에 있어 '친구'의 가능성을 지우고 '동지'의 가능성을 내세우는 찬란 씨처럼) 소설이 여전히, 그러나 이전과는 다른 방식으로 상이한 예술들을 지탱하는 공통의 지평을 더듬을 수 있는 수단이 되기를 희망한다. 이런 작품을 읽을 때 우리는 소설을 믿어서는 안 된다. 보다 정확히는 소설 '만'을 믿어서는 안 된다. 우리는 종종 소설을 소설에 의해서가 아니라 다른 예술을 통해, 다른 예술과 더불어, 심지어는 다른 예술 안에서 대할 수 있어야 한다. 왜냐하면 오히려 그것이 소설을 고스란히 직시할 수 있게끔 해주기 때문이다. 이리 적고 보니 *"나는 금일을 위해 글을 쓰지 않았다. 금일이 나를 위한 글을 썼다"*(176쪽)는 「금일의 경주」의 마지막 문장이 문득 달리 다가오는 것 같다.

한편 『점거당한 집』에는 이러한 난잡함의 알레고리로써, 아니 동종의 문제로써 끊임없이 소환되는 모티프가 있는데, 바로 장소의 오작동이다. 돌이켜보면 여기에 수록된 작품 중 어디에도 '상식적으로' 작동하는 장소는 나오지 않는다. 국립아시아문화전당은 점거 시위로 인해 미술이 아닌 노숙의 장이 되었으며

(「길 위의 희망」), 집은 영상 퍼포먼스 작업의 무대가 된 반면 미술관은 (불완전한) 생활의 장이 되었고(「점거당한 집」), 박물관에 설치된 금일의 '작가의 방'은 생전의 금일과는 조금도 어울리지 않게 꾸며진 것이다(「금일의 경주」). 하지만 금방 오작동이라 말은 했어도 이것이 꼭 부정적으로만 작동하는 건 또 아니라서, 가령 「점거당한 집」에서 하니와 한일 남매는 미술관이 생활의 장이 되기를 아주 오랫동안 바랐으며, 나중에 이를 아주 희극적으로 성취한다. 그렇다면 오작동 말고 다른 표현이 여기에 더 어울리지 않을까. 이를 위해 「길 위의 희망」의 다음 대목들을 음미해보자.

양 씨의 말에 따르면, 차별에 항의하려는 마음만으로 집이 아닌 길바닥에서 반년이나 버티는 것은 광주 시민에게 당연했다. 양친도 양 씨더러 굳이 집에 오라는 이야기를 하지 않는다고. 이곳이 구도청의 터이니까. 그리고 시위내에게는 돌아갈 마땅한 집이 없었으니까. "집이 있더라도, 이대로 돌아간다면 그곳은 더 이상 집이 아니라는 느낌이겠어요. 오래전 여기 남았던 분들의 마음과 마찬가지로." "그래요. 집이 없는 건 우리뿐 아니라 관객들도 마찬가지라는 걸 알려줘야 한다고 생각해요." (…) "그러니까 이 전당 자체가 방주인 거군요. 여기에 탄 우리들 또한 앞날은 모르고. 빛의 장벽은 번쩍 황홀했다가 사라진 계시고. 떠돌

아다니며 사라진 길과 희망을 찾으려고 할 때 우리가 보게 되는 것은 미래가 아닌 과거고."(45-46쪽)

어슬렁대며 둘러보다 보니 이곳이 꼭 임시 주거공간 같다는 생각이 들었다. 넓지 않고 분명한 목적지도 모르지만 우선 살아남기 위해 서로를 돕고 단정해야 하는 구명보트. (…) 때로는 특정한 장소가 절로 분위기를 형성하기도 한다.(47쪽)

시위자들에게 있어 이대로 물러나면 집은 순전히 집일 수 없게 된다. 그리고 양 씨가 준비 중인 연극에 의해 국립아시아문화전당은 방주가 된다. 이 말을 다소 우둔하게 읽는다면, 어떤 의도에 따라 지어졌다고 해서 장소가 그저 그대로 결정되는 건 절대 아닐 터이다. 애초에 장소란 개체의 경험과 삶이 축적되고 생성될 수 있는 곳을 이르는 말이 아니던가? 그리고 그런 맥락에서, 특정한 장소가 분위기를 형성하기도 하지만 역으로 분위기가 특정한 장소를 형성하기도 하지 않던가? 즉 장소가 바로 '그' 장소로 성립되는 데 있어서 결정적인 요소 중 하나는 다름 아닌 그 장소를 살아가는 인간 행위자인 것이다. 누군가에게는 서울역 앞 광장이 침대이자 사랑방인 것처럼, 혹은 누군가에게는 독서실이 부모를 피해 휴식을 취할 수 있는 피난처인 것처럼. 물론 최수진은 저 주관적이고 범박한 예시들보다 훨씬 예리하지만 말이다.

가령 1980년 광주를 떠올리며 *"에이, 전당은 길바닥이 아니어요. 그때도 거기서 먹고 자고 다 하지 않았어?"* (…) *"하지만 정말로 비었다고는 하지 못할 거예요. 잊지 못하는 사람이 있다면, 기억도 남아 있는 거지요. 안 그래요?"*(14-15쪽)라고 화자에게 반문하는 눈 씨는, 장소가 공간적 요소와 조건에 따라서만 성립되는 게 아니라 그것을 기억하고 다루며 또 다른 기억과 겹치곤 하는 인간에 의해서도 성립된다는 걸 정확히 알고 있다. 그렇다면 앞서 오작동이라 말한 것은 이제 장소 자체의 유동성이 드러난 순간으로 정정해야 마땅하리라. 말하자면 관념으로서 장소성(이쯤에서 이 소설을 '예술가 소설'이라고 했던 게 다시 떠오른다. 최수진은 인간의 무수한 행위 중에서도 특히 예술이 장소성을 건드리는 데 있어 가장 효과적인 행위라고 생각한 게 아닐까?).

그리고 바로 이 점에서 소설과 장소는 동종의 문제를 갖게 된다. 소설은 어떤 장소인가? 앞서 장르 아닌 장르라고 했던 것을 조금 바꾸자면, 이는 장소 아닌 장소다. 그 자체로서만 성립 및 존속할 수 없는 난잡한 예술인 소설은, 예술가를 비롯한 인간 행위자에 의해 그 장소성의 변화를 겪는 『점거당한 집』 속 장소들과 공명하는 것이다. 그러니 오늘날에 필요한 태도란 고유하고 고정된 예술이나 장소를 추구하는 게 아니다. 그런 게 애초에 늘 자명한 것이었냐고, 나아가 고유하거나 고정되지 않았다고 해서 예술이나 장소가 성립될 수 없는 거냐고 집요하게 반문하는 태도가 필요하다.

최수진은 『점거당한 집』에서 이런 태도를 쭉 견지한다. 그리고 그렇기에, 소설이란 근본적으로 난잡한 장소인 것이다. 니클라스 루만의 교훈, "형식은 (…) 폐쇄, '완벽한 절제(perfect continence)'를 보장"하지만 "형식이 그럴 수 있는 것은 (…) 자기 자신으로 재진입하는 구별은 같은 것이자 같은 것이 아니라는 것에 성립하는 역설 때문[4]"이다.

4 『근대의 관찰들』, 니클라스 루만, 김건우 옮김, 문학동네, 2021, 59쪽.

박지리문학상

박지리문학상은 참신한 소재와 독특한 글쓰기로 인간 본질과 우리 사회를 깊이 천착해 한국 문단에 독보적 발자취를 남긴 박지리 작가의 뜻을 잇고자 사계절출판사에서 2020년에 시작한 문학상 공모입니다. 미등단 신인 및 단행본 출간 5년 이내의 기성 작가를 대상으로 합니다. 원고지 100매 내외의 단편소설 3편 또는 300매 내외의 경장편소설을 모집하며, 대상 1편에 창작지원금 5백만 원과 이기영 독자님의 후원금 2백만 원을 드립니다.

박지리 작가는 2010년에 『합체』로 사계절문학상을 받으며 작품 활동을 시작했고, 『맨홀』 『양춘단 대학 탐방기』 『3차 면접에서 돌발 행동을 보인 MAN에 관하여』 『번외』 『다윈 영의 악의 기원』 『세븐틴 세븐틴』(공저) 일곱 작품을 출간했고, 2016년 31세의 나이로 안타깝게 생을 마감했습니다.

심사평

당신이 만약 소설 공모에 도전하고자 한다면, 한 편의 소설을 쓰기에 앞서 이 점을 기억해주기를 바란다. 당신이나 내가 지금 막 발굴한 아이디어와 소재가, 일찍이 지구상에 결코 존재하지 않았던 초유의 것일 가능성은 매우 적다. 거의 없다. 어쩌면 아예 없다고 생각하는 편이 나을 것이다. 우리가 만든 모든 이야기는 과거의 유산을 바탕으로 한다. 답습한다는 의미로서만이 아니라, 과거를 전복하려 할 때에도 과거라는 게 존재하는 이상 우리는 어쩔 수 없이 과거의 자장 안에 놓여 있다. 분야를 막론하고 과거에 영향을 받지 않는 예술가는 없다. 그러니 정작 중요한 것은 번뜩이는 아이디어나 기가 막힌 소재에 있지 않다. 무슨 소재와 주제라 할지라도 그것을 조리하는 방식, 때로는 플레이팅하는 요령과 심지어 그것을 담은 접시의 디자인까지, 전체적인 애티튜드가 중요하다. '무엇을'보다는 '어떻게', 이는 '소설 쓰는 아이디어와 소재를 도대체 어디서 구하느냐'는 갈증 어린 질문에 대한 나의 일관된 대답이다.

본심에서 만난 「점거당한 집 외 2편」이 당선작으로 결정되기까지 그리 많은 논의가 오가지 않았다. 일종의 근미래 미디어아트 연작으로, 머나먼 미래가 아닌 불과 10~20여 년 뒤라는 배경이 주는 긴장감이 돋보인다. 허구인 줄 알면서도 깜박 속아 넘어가는 것이다. 작가는 소설과 전시미술의 경계를 자유로이 해체하고 때로는 공간과 지명과 소설적 자아와의 경계를 지우면서 독자에게 혼란을 유도하는, 소설 자체로 세 편이자 한 편인 퍼포먼스를 펼쳐 보인다. 서사의 배열과 인식의 전개에 있어 모두 기품 있는 플레이팅을 보여주며, 정신을 바짝 차리지 않으면 그 의도를 감지하기 어려운 퍼포먼스의 현장에 함께 있는 것만 같다. 이 소설은 최근 수년 새 문화시장—그중에서도 콘텐츠 업계의 주요 미덕인 것처럼 언급되곤 하는 가치와 표현을 빌리자면, 도파민을 분비하는 일에 최적화된 소설이 아니다. 메타소설이 탑재한 속성으로 인해 우리의 기대나 소망과는 별개로 대다수 독자의 환영을 받기는 어려워 보인다는 점이, 이 소설을 당선작으로 정하는 데에 따라온 거의 유일한 우려였다(이것이 불식된다면 기쁠 것이다). 그다지 멀지 않은 미래에, 창의적이고 의욕적인 젊은 예술인들이 이 소설과 컬래버 전시를 해보고 싶다고 사계절 출판사에 제안해오지 않을까 기대해본다. 박지리문학상을 통해 또 한 명의 저력 있는 소설가를 만나게 되었음에 감사하면서 축하와 응원을 전한다. **구병모(소설가)**

「점거당한 집 외 2편」은 기고문 형태의 연작소설이다. 미래 시점에서 쓰인 회고록 형식인 이 소설이 다루고 있는 과거 또한 아직 오지 않은 우리의 근미래이다. 회고록에는 실제 우리가 겪었던 일들과 아직 일어나지 않은 일들이 서술자의 과거에 뒤섞여 있다. 이런 흥미로운 설정하에 쓰인 세 편의 기고문을 통해 우리는 아직 오지 않은 동시에 이미 죽고 없는 인물을, 아직 일어나지 않은 동시에 이미 일어나버린 사건을 알게 된다. 원전사고 직후 무등산 일대에 나타난 빛의 장벽으로 인해 고립된 광주에서의 시위를 다룬 「길 위의 희망」과 '작가가 창조해낸 작가의 창작과정 탐색기'를 창조해낸 작가에 대한 회고인 동시에 소설에 등장하는 작품 제목이기도 한 「점거당한 집」, 소설가가 원전사고 이후 사고 지역인 고향으로 돌아가 쓰게 되는 소설의 제목이자, 소설을 창작하는 과정을 회고한 「금일의 경주」. 이 세 편의 소설을 읽는 데는 약간의 노력이 필요하다. 독자는 인터뷰와 작품, 전시 책자, 연구서 등으로 모자이크를 스스로 완성해야 하고, 그것이 재현하고 있는 인물과 사건, 배경을 능동적으로 재구성해야 한다. 그리고 소설 속 여러 이야기와 이미지들, 이를테면 예술가 남매와 그들이 재현하고 있는 작품 속의 남매 이야기, 존재했다가 사라진 공간, 남자이기도 하고 여자이기도 하고 죽은 누나 본인일 수도 있는 인물, 과거 전시의 회고전, 실제로 우리가 겪은 재난과 참사와 그 이후 불합리한 처리 과정과 유사한 원전사고, 광주에서 벌어진 사건의 반복과도 같은 사건들을 중첩시켜 보아야 한다. 수고스럽지만 읽는 즐거움을 주는 이런 작업이 끝난 뒤 우리는 앞으로 일어날지도 모르고, 이미 일어났던 일들이 도사리고 있는 세계를 만날 수 있다. 그 세계는 지금과도 크게 다르지 않아 독자는 기시감과 미시감을 느끼는 동시에 언캐니한 감정을 경험하게 된다. 그리고 미래 시점에서 쓰인 소설을 읽고 지나간 시간에 대한 애도를 느끼는 아이러니를 체험하게 된다.

이 소설이 지닌 큰 장점은 설정과 소재에서 오는 것이 아니라 이야기와 주제를 전달하는 것에 그치지 않고 특유의 정서를 만들어내고 있다는 점이다. 나는 이 작가가 앞으로 어떤 소재와 형식으로 어떤 이야기를 전달할지보다 어떤 정서를 체험하게 해줄지 더 궁금하다. 그래서 더욱 기쁜 마음으로 이 작가가 보여줄 세계 속으로 함께 들어갈 준비를 할 것이다. 오랜 시간 소설 때문에 즐거워하고 아파했을 작가에게 축하와 응원의 마음을 보낸다. **정소현(소설가)**

본심에서 수상작을 정하는 데는 오랜 시간이 걸리지 않았다. 세 사람 모두 공통으로 가장 윗선에 올린 소설이 동일했기 때문이다. 그 소설은 바로 「점거당한 집 외 2편」이었다. 박지리문학상에서 경장편이 아닌 단편 묶음이 선정된 것은 처음 있는 일이다. 분명히 하나의 시리즈처럼 읽히며 내용적으로도 얽혀 있는 세 단편이지만, 당선작으로의 선택이 다소 모험적이기도 했던 이유는 이 소설들이 결코 쉽고 편하게 읽히지 않는 작품이었기 때문이다. 이 소설들은 근미래를 배경으로 한 아포칼립스이자, 메타적인 예술가 소설이다. 각각 용인, 경주, 광주를 배경으로 하고 있는 이 소설에는 가상으로 만들어진 역사적 사료, 일기장, 전시 팸플릿 등이 실재하는 역사나 소설, 영화 등과 함께 흘러넘친다. 이미 복잡하게 흩어져 있는 사료들은 충돌을 예비하고 있으며, 그 파열음 속에서 독자들은 자신만의 길을 트며 진실을 찾아가야 한다. 그러나 어떤 극적인 의미에 도달하지 않고 끝끝내 잔여물의 그물망으로 남기만을 자처하는 이 소설은, 선명한 서사적 줄거리로 소급되지 않는 까다로운 형식으로 인해 하나의 아름다운 미광(微光)이 되어 남는다. 완성된 대본보다 흩어진 파편처럼 자리한 녹음된 음성에 힘을 부여하는 이 소설은 완벽한 연주가 아니라 그 이면에 자리한 소음이나 잔향이나 침묵에 더 귀를 기울여온 현대음악을 닮아 있다. 어쩌면 이 흩어지고 의미화되지 않는 잔여물들이 가장 아름다운 문학의 결정체일 수도 있을 것이다. 당선자에게 큰 축하를 전한다. **강지희(평론가)**

점거당한 집

2024년 8월 30일 1판 1쇄

지은이 최수진
편집 장슬기 윤설희 최경후 이여름
디자인 박다애
제작 박홍기
마케팅 김수진 강효원
홍보 조민희
인쇄 천일문화사
제책 책다움

펴낸이 강맑실
펴낸곳 (주)사계절출판사
등록 제406-2003-034호
주소 (우)10881 경기도 파주시 회동길 252
전화 031)955-8588, 8558
전송 마케팅부 031)955-8595 편집부 031)955-8596
홈페이지 www.sakyejul.net
전자우편 literature@sakyejul.com
블로그 blog.naver.com/skjmail
트위터 twitter.com/sakyejul
인스타그램 instagram.com/sakyejul
페이스북 facebook.com/sakyejul

ISBN 979-11-6981-210-8 03810